我、天命を覆す

陰陽師・安倍晴明

結城光流

角川文庫
17884

生者の渡れない川がある。
命尽きたのちに渡る川がある。
それは境界の川。
あちらは彼岸、こちらは此岸。
川の彼方に在るのは冥府。
転生の輪に再び戻るため、魂が向かう場所。
人はいつか、この川を必ず渡るのだ。

ならば。
人と化生の狭間に在る者は、果たして川を渡れるか。
それとも。
人に非ずと拒まれて、化生のように永劫の闇を彷徨うか。

一

さして高くはない身分相応の小さな邸には、華美ではないが品のよい調度品が揃っている。

それらを横目に見ながら、その公達は口を開いた。

「姫。私の心に嘘偽りなどありません。必ずやあなたを、この国……いいえ、この世でもっとも幸せにして差し上げましょう」

部屋を仕切るふたつの几帳。帳の向こうにともされた燈台の明かりがゆらゆらと揺れて、隠れた姫の影もまた壁に踊る。

ずっと焚かれている香のしみついた部屋には、その甘い香りが漂っていた。

「お応えいただけませぬか、姫よ…」

言い差して、公達はふと微笑んだ。

「それでも、私が贈ったその香は、焚いてくださっている。……私の気持ちを、少しでも受け入れてくださっていると思っても、よろしいか」

返答はない。

公達は構わずにつづけた。

「もうじき葵祭。邸にこもっていては体に毒というもの。ともに祭見物に参りましょうぞ」

公達はそう言って、目を細める。

「さぞかし美しいでしょう。姫も華やかな装いで出かけるのがよろしい。……もし、私とともにがお嫌でしたら、おひとりでも行かれませ。美しいものをご覧になれば心も華やいで、思いの向きも変わるやもしれませぬゆえ」

ひと呼吸置いて、公達は言い添えた。

「あるいは、姫ご自身のさだめに、気づかれるやもしれませぬ」

几帳の向こうで、かすかな衣擦れがした。

「……さだめ……？」

弱々しい声音が帳の向こうから発される。公達は嬉しそうに頷いた。

「左様。この世に生まれる以前に、姫が選ばれたさだめ」

「そのような、ものは……」

か細い言葉をさえぎって、公達は断言した。

「あるのです。決して違えぬと天に誓い、その命に刻んでこられた」

細められた目の奥で、深い色の瞳が怪しく輝いた。

「そう、それは。まさに天命と呼ぶべきものなのですよ、姫」

公達はそのまま、几帳に手をかけようとした。しかし、足音が近づいてくるのに気づいてやめる。

辞去の旨を告げ、公達は立ち上がった。

彼が去ってから漸うして、弱々しい呟きが落ちた。

「……天命……」

両の手で顔を覆い、力なく頭を振る。

とうに、知っている。天命は、さだまっている。

だから決して、あの公達の許に嫁ぐことはない。

「……私は……もう……」

さだまっている。逃げることは、できないと。

◆　◆　◆

ふと、風とともに、花の香りが吹き込んできた。

音もなく開いた妻戸の向こうから、鈴を転がすような響きの、妖艶な声が忍び込んでくる。

『――晴明』

呼ばれた名は確かに己れのものだが、応えることに抵抗がある。

聞こえなかったふりをして、燈台の明かりを頼りに手にした書物を繰っていると、ふっと炎が掻き消えた。

彼は舌打ちした。花の香をまとった衣がするすると滑って、彼の傍らに止まる。

花は嫌いではないが、取り立てて好きでもない。仄かな芳しさはそれなりに好ましくはあるが、毒々しさを含んだ香りは、どちらかといえば嫌悪に近い感情を抱かせる。

明かりの消えた暗闇の中、花の香りをまとった細い肢体が、しなだれかかってきた。

衣を通しても伝わる体温。熱い吐息が首筋にかかる。

晴明は息をつき、女の顎に手を添えた。

体と心はうんざりするほど別物だなと胸の中で呟きながら、額に手を当てる。

明かりはないが、闇に慣れた目は物の輪郭程度は判別できるようになっていた。

女の背丈より長い髪が、汗ばんだ腕や胸元にまとわりついて、それが鬱陶しい。

気だるさを覚えながら、ちらと視線を滑らせる。

情事の最中もそうだが、こうして身を横たえているときも、会話らしい会話はろくに交わさない。女はこちらに背を向けて、首筋や背に張りつくうねる髪をそのままにしている。

深淵の底と呼ぶのが相応しいほどの暗闇の中にあって、女の肌は奇妙に浮き立つほど白いのだった。

晴明は、自嘲気味に唇を片側だけつりあげた。

だるく、体が重い。この女と肌を合わせたあとはいつもだが、回を重ねるごとにそれがひどくなっていく。

彼はその理由を知っている。女の性は陰。体を重ねれば否応なしに生気を奪われるのだ。

しかし彼は、拒むことをしなかった。拒む理由もなかったからだ。

生にさしたる執着はない。このまま吸い尽くされて命尽きても、それもまた一興。

だが、思いに反して自分はまだ生きている。奪い尽くされる気配もない。存外この身はしぶといようだ。残念なことに。

死ぬほど奪われるとは、どのようなものか。興味がないと言えば、それは嘘になる。

だからといってすぐさま試したいわけでもない。機会があればそのときでいい。

その程度だ。

「……吸い尽くされる、か……」

ひっそりと呟いた晴明の脳裏に、ふと異国の伝承が甦った。

海を越えた大陸の、さらに奥深く。果てしない道の彼方に、命を吸い尽くす魔物がいるという。それは想像できないほどの恐ろしさを持っており、生半な手段では倒すことはできないと聞いた。それ以上はわからない。果たして本当に存在しているのか。いや、伝承があるということはその元になった何かがいるはずだ。この世に不死の存在はない。人も、妖も、神ですらそれから逃れることはできない。ならば、その魔物にも何か有効な手立てがあるはずだ。

「…………」

しかし晴明は、そこで考えるのをやめた。

倒す手段を講じてなんになる。時間の無駄だ。

眠りに落ちるのか、意識を失っていくのか、その判別すらつかない。

傍らの女は身じろぎひとつせず、呼吸する気配も感じられない。聞こえるのは己れの心音と息遣いのみ。

いっそ女が氷のような肌であれば多少は面白いかもしれないが、さすがにそれはない。少し低めの体温は、素肌を夜気にさらしているからだろう。
皐月の夜は肌寒いほどでもない。
気遣ってやる義理もないので、晴明はそのまま目を閉じる。瞼の裏も深淵の闇だ。
明日は早い。急な来訪で予定が狂った。
参内前にしなければいけないことがあるのだ。面倒だが、仕方がない。
出仕も面倒だが、これも仕方がない。
仕事より面倒な男がいるのだが、あれはどうにかできないものか。
散漫な思考は、やがて暗い水底のような場所に沈んでいった。

◇　◇　◇

あれか。
ああ、あの男だ。
異形の血を引いているのだそうだ。
異形とは。

狐だという話だ。

狐。

だが、どう見てもただの人間だ。

見た目はそうだが、中身もそうかはわからん。

人のふりをしているのではないか。

狐なら、化けるくらいわけはない。

気をつけろ。

気をつけろ。

安倍晴明。

あれは、化け物の子だ――。

大内裏から安倍の邸まで、さほど距離はない。ゆっくり歩いても一刻もかからない。

手にした布の包みの中身は料紙と、竹筒に入った水。水は、都の郊外まで汲みに行った湧き水で、これがないと今日の作業が立ち行かない。

陽も昇らぬうちに起き出して、眠っている様子の女をそのままにして身支度を整え、邸を出た。どうせ帰邸の頃には消えている。

水を汲んだのが明け方で、そのまま出仕したので、本日の彼は寝不足だった。くわえて、昨晩の情事が尾を引いて、体が重い。徐々にだが、回復がしづらくなっているようだった。

それを気力で持たせて塗籠の中で仕事をしていたときに、壁の向こうから誰かが話す声が聞こえたのだった。

誰のものかはわからない幾つかの声が交わしていた言葉が思い出されて、彼は冷えびえと吐き捨てた。

「……何をいまさら」

化け物なのは、百も承知だ。

何しろ自分は、半分だけ狐の血を引いた、まったき人外のものである。

門前で立ち止まり、彼は嘆息した。

陰口を叩かれて傷ついたかというと、実はそうではない。どちらかといえば、うんざりしているといったほうが合っている。

物心ついてからというもの、言われつづけて早十何年。いい加減慣れるというものだ。

それに、彼が赤子の頃に突然姿を消してしまったという母は真実異形であったから、否定もできないし、しようとも思わなかった。

どんな人だったのか、幼い頃は父に尋(たず)ねて、そのたびにひどく悲しそうな顔をされた。あんまり悲しげだったので、これは訊(き)いてはいけないのだとそのうちに悟(さと)った。

その父はといえば、いまでは阿倍野(あべの)の地に庵(いおり)を結んで暮らしている。

晴明が十五で元服(げんぷく)したとき、何やら熟考したそうだ。

――私はひとりで暮らすから、お前もひとりで頑張(がんば)ってみなさい

そう言い残して阿倍野に向かった父を、彼は半ば啞然(あぜん)と見送った。

愛されていないわけではない。それどころか、父は彼をとても大事に育ててくれた。

年に何度かは邸に戻(もど)ってくる。先触(さきぶ)れもなしにふらっとやってきて、何日か滞在(たいざい)してふらっと阿倍野に帰っていく。

つい先日もふらっとやってきて、三日ほど滞在して帰っていったばかりだった。

ひとり住まいになって、五年ほど経(た)った。当初から寂(さび)しさはあまり感じることなく、それなりになんとかやっている。

父はどうやら、それを確かめるために顔を出すようだった。気にかけてくれているのだろう。ならばなぜ自分をひとり残して阿倍野に移り住んだのかと時折考えるが、だからといってそれを問うたことはない。聞いても何にもならない。ならば、あえてする必要もないだろう。

門をくぐって籬(まがき)を抜(ぬ)ける。無人の邸はいつも静かに彼を迎(むか)えてくれる。

しかし、今日は違(ちが)った。

廊(ろう)を進んで、一番奥にある自室の妻戸(つまど)を開けると、出がけに上げたままの半部(はじとみ)から射(さ)し込む陽射しに室内は照らされていた。

晴明は立ち止まった。

部屋の端(はし)に敷(し)かれた茵(しとね)。人形(ひとがた)に盛り上がった袿(うちぎ)。長い黒髪(くろかみ)がうねるように流れている。

『……ああ、晴明』

ゆるゆると寝返(ねがえ)りを打って流し目をよこす美貌(びぼう)の女に、彼は眉(まゆ)ひとつ動かさずに言った。

「まだいたか」

女は口元に手を当てて面白そうに笑う。

『つれないことを…。昨夜限りの縁(えん)のつもりか？』

「そのつもりだ。失(う)せろ」

すげなくあしらわれた女は、笑(え)んだまま瞳(ひとみ)に険を宿らせた。

『……寂しい独(ひと)り寝(ね)を慰(なぐさ)めてやった恩を、なんと思っているのやら』

彼は肩(かた)をすくめた。

「慰めてやったのはどちらかな。人の形(なり)をした異形の女と知って怯(ひる)まないのは、私くらいのものだとわかっていて、ここへ来るのだろうに」

女の面立ちから笑みが消えた。

すっと立ち上がり、はだけていた単の胸元を合わせると、裾を大きく翻す。濡れたような黒絹の髪が鮮やかだ。

『言葉を慎め。身の程をわきまえよ』

開け放たれていた妻戸から簀子に出るとふわりと舞い上がり、女は夕闇に消えた。

険のある顔でそれを見送っていると、蔀の陰から幾つかの影がひょこひょこと出てきた。

「……まったく、えらいのと共寝してるもんだなぁ、晴明」

「よく取り殺されないもんだ」

「いっくら同属でも、俺たちだって姫御前はちょっと怖いぜ？」

口々に言い募る雑鬼たちを冷めた目で見下ろして、彼は短く言った。

「お前たちも失せろ」

雑鬼たちは顔を見合わせて、ぱたぱたと出て行った。

しんと静まり返った邸に、ようやく彼はひとりだけとなった。

安倍晴明は、異形の血を引いている。

だからなのか、異形のものたちがこの邸には多く出入りするのだった。

出入りするだけならいいが、時々相談事を持ち込まれてみたり、言いがかりをつけられてみたり、一夜限りの情夫になってみたりと、なかなかにせわしない。

中でもあの姫御前は、忘れた頃にやってきては茵の中に滑り込んでくる。

彼女は異形だが、死霊の類ではない。どちらかといえば、神に近い存在らしい。雑鬼たちは多くを語らないが、ぽつぽつと出てきた言葉をつなぎ合わせると、そんな予測が成り立つ。

あの女に恋情があるわけでも愛情があるわけでもない。強いていうなら、憐情と哀情といったところか。

何しろ、姫御前は決して口を割らないが、自分は確実に誰かの身代わりだ。熱に浮かされた彼女の目が自分ではない誰かを見ているのは明白で、だからといってそれをその場で突きつけるほど彼は酷薄ではない。それだけの話である。情はあるが、人間らしいあたたかさや思いやりとはかけ離れており、そんな冷たさがにじみ出ているからだろう。彼に近づいてくる人間は、いなかった。

いままでは。

適当な夕餉を済ませて、寅の刻まで少し休もうかと思っていたとき、門から声が聞こえた。

「邪魔をするぞー」

料紙で作った式に手伝わせて直衣を脱ごうとしていた晴明は、ぴたりと止まって眉間にしわを作った。

人影がぱっと消えて、人形に切られた料紙がはらりと落ちる。

彼がうんともすんとも言わない間に、来客はぱたぱたと軽快な足音を立てて廊を進んでくる。

「おお、いたいた」

舌打ちしながら衣を整えた晴明は、振り返って低く言い放った。

「……勝手に上がるなと、言っているだろう」

「返事が聞こえたから上がったんだが」

「私は返事などしていない」

「そんなことはない。俺には聞こえたぞ、晴明」

晴明は、思わず崩れ落ちそうになった。

「………それをなんと呼ぶか知っているか、岦斎」

肩を震わせている晴明の言葉に、榎岦斎は首を傾げた。

「なんだ？」

がばっと顔を上げて立ち直った晴明は、岦斎を睨んだ。

「思い込みだ空耳だ幻聴だ勘違いだっ！　私以外いないこの邸で、ほかの誰かが返事をするわけがないだろうっ！」

「いやいや、確かに聞こえたぞ。こんなふうに」

口の横に両手を添えて、岦斎はつづけた。

「頼もう、ここは安倍殿のお邸かー。いかにもー。晴明殿はおるかー。おるぞー。入ってもよろしいかー。どうぞどうぞー。邪魔をするぞー。と、こんなふうに」

晴明は額を押さえて低く唸った。

「……お前、全部自分で言っただろう」

「俺ではない。この邸にいる何かか誰かの声を、心を込めて代弁したんだ」

何もいないし誰もいない、と怒鳴りそうになったのを、晴明は理性を総動員してこらえた。このままでは岦斎の調子に呑まれてしまう。

気持ちを鎮めるために努めてゆっくりと深呼吸をし、岦斎の横を抜けて廊に出る。

「あっ、おい、晴明？」

だかだかと進みながら、晴明は不機嫌そうに言った。

「仕方がないから、酒のひとつも出してやる。飲んだらさっさと帰れよ」

この男は、どれほど冷淡に接してもまるで応えない。怒気を見せても動じない。まつわりつかれるようになってから数ヶ月、いまでは半ば諦めの境地に達している。

晴明のあとを追ってきた岦斎は、にやりと笑って手にしていたものを掲げて見せた。

「安心しろ、肴は持ってきた」

晴明は呆れ顔で岦斎を一瞥し、うんざりした様子で盛大なため息をついた。


大内裏の陰陽寮に出仕している晴明は、実はまだ陰陽生にもなっていない。

何度か候補には挙がっているのだが、そのたびに理由をつけて断っている。

師の賀茂忠行は大層残念がっているのだが、へたに学んで色々なことを覚えてしまうと、後に引けなくなるではないか。

いまも独学で学んではいる。安倍家には必要な書物が必要なだけある。それに、父が賀茂氏と交流があったため、幼少の頃から忠行に師事していたので、基礎はもうほとんど頭の中にあった。

持参の干した鰯を肴に、土器に酒を注いでひとり酒を満喫している岦斎を横目に、晴明は文机に向かって墨をすっていた。

「なあ晴明、お前もやらないか」

「いい。仕事がある」

墨をするのに使っているのは、朝方入手してきた湧(わ)き水だ。

二、三日前、護符(ごふ)を用意してほしいと、とある貴族に頼(たの)まれた。もしあったらこういうもの、という貴族の希望を並べたところ、護符の種類は十数種類になっていた。それも、身につけたり持ち歩ける程度の小さいものが望ましく、家人全員分、とのことだ。

その貴族には妻が何人もいて、子どもも何人もいる。両親も健在、さらには女房(にょうぼう)や随身(ずいしん)、雑色(ぞうしき)まで含(ふく)まれる。

相当な量だが、受けてしまったからには作らなければならない。期限は明日(あした)の昼。それまでに何十枚もの護符を作るには、酒を飲んでいる暇(ひま)はないのだった。

晴明が作る護符は霊験(れいげん)あらたかだと評判だ。彼が異形(いぎょう)の血を引いているという話と同じくらい、貴族社会に広まっている。

晴明の噂(うわさ)は怖(こわ)いが、彼の作る護符はほしい。そういった者たちがこっそりと使いをよこし、枚数に見合った礼を持たせてくる。

晴明とても、正当な報酬(ほうしゅう)をもらえるのだから断る必要もないので、頼まれれば用意する。

それがまた噂になって、毎日のように護符を作る生活になっていた。

さらさらと筆を走らせながら、横に積んである書物を一瞥(いちべつ)する。

すべて陰陽術に関するものだ。

忠行は晴明に大層目をかけてくれている。自分の持つ異能の力を持て余していた晴明に、その使い方を教えてくれたのが忠行だ。そのことには本当に感謝している。

だが、彼はそれほど陰陽師になりたいわけではない。

腰を据えて身を入れて陰陽道に邁進するべきかもしれないが、彼は自分が持っている力を嫌っていたので、それを有効利用しようという意欲が、実はさほどない。

それは勤務態度にも表れている。やらなければならないことはこなすものの、それ以上はやらない。

いつもひとりで過ごし、退出時刻にはさっさと帰る。

狐の子だという彼を、官人たちは常に遠巻きにしている。見た目はまったくの人間だが、果たしてその実体はどうなのか。そんな賭けを面白半分にしている者たちもいて、それがまた晴明の癇に障る。

おかげで晴明は人嫌いになった。

そんな中、人嫌いの晴明に、平然と近づいてきた者がいた。それが、のんきな顔で土器に酒を注いでいるこの男だった。

「おおい、晴明。酒がだめなら白湯でも飲むか。ずっと書き物をしていると疲れるだろう。息抜きをしようじゃないか」

筆を握る手に余計な力が入り、護符の印が潰れてしまう。

「…………」

晴明は大きく深呼吸をした。

平常心、平常心。

「いらないと言っただろう。勝手に飲んで気が済んだらさっさと帰れ、岦斎」

土器を床に置いて晴明の横に立った岦斎は、腕組みをして感心した風情を見せた。

「さすがだなぁ。資料も見ずにそれだけの種類を書き分けられるとは。俺も見習わねば」

この春、年明けとともに南海道遠国からやってきた榎岦斎は、晴明と同年だ。

入寮した者たちを歓迎する宴の席で、いつものように官人たちから離れてひとりで飲んでいた晴明のところに、主賓のひとりであるはずの岦斎が、席を抜け出してやってきた。

安倍晴明は、ずば抜けた力を持っているのに、まともに修行をしない変わり者。母親は異形で、父親は息子の元服と同時に邸を残して摂津国に移り住んだ。

酒が入って饒舌になった官人たちの話を聞き、彼は晴明に興味を持ったのだ。

異形の子だというが、見た目は普通だった。黙々と杯を呷っている姿は、退屈をやり過ごして早く時が経つのを待っているようにしか見えなかった。

だが、嫌な感じはしなかったから、声をかけたのだということだ。

あとになってから、あの時どうしてさっさと席を立ってしまわなかったのかと、晴明は悔(く)やんだ。

そうしていれば、こんなに面倒(めんどう)くさいことにはならなかったのに。

気を取り直して護符製作をつづけている晴明に、岦斎はめげずに膝(ひざ)を折って視線の高さを合わせながら言った。

「なあ晴明、明日は確か休みだろう」

「――――」

晴明は構わず、さらさらと筆を走らせる。

「明日は賀茂祭(かものまつり)だそうだな。お前はずっとこの都で育ったんだから、見たことくらいはあるだろう？」

「――――」

さらさらさら。

「というわけで、案内してくれ」

「――――は？」

それまでずっと流れるように動いていた筆先が、ぴたりと止まる。

思わず唖然(あぜん)と顔を上げた晴明に、岦斎は楽しそうにつづけた。

「いやー、楽しみだなぁ賀茂祭。故郷では賀茂祭のような大規模な祭礼なんてなかったから、いまいち想像がつかないが、さぞかし見事に違いない」

「待て。私は行くとは言っていないぞ」

不機嫌そうに口を挟む晴明である。

「明日までにこれをすべて作り終えて、先方に届けなければならない。それに、祭に行ったからといって、特にどうということはない。きらびやかな行列が延々つづくだけだ」

眉間にしわを刻んだ晴明に、岦斎は首を傾げて尋ねた。

「それは、明日いっぱいかかるのか？」

作業に専念するべく手元を凝視している晴明は、ぶっきらぼうに返す。

「明日の昼には届けないといけない。それ以外にもやるべきことがある。遊んでいる暇はない」

すると岦斎は、こともなげに言った。

「なんだ。じゃあ終わってから祭り見物に繰り出せば充分じゃないか。いやー、本当に楽しみだなぁ」

上機嫌になった岦斎は、そのまま廊に出て行こうとする。その襟を、晴明はがしっと掴んだ。

「ぐぇっ」

目を白黒させている岦斎の耳朶を、はうような唸りが叩いた。

「待て」

けほけほと咳き込みながら振り返る男に、晴明は半眼を向けた。

「いま私がなんと言ったか聞いたか？　聞いていたか？　聞こえていたか？」

首を撫でながら青年はけろりと答える。

「明日の昼に届ければいいんだろう。そのあとだったら問題ないじゃないか」

「私は『それ以外にもやるべきことがある。遊んでいる暇はない』とも言ったぞ。お前の耳は飾りか、それともただの穴か」

と、岦斎は大仰な身振りで両手を広げた。

「晴明。考えてもみろ。一年に一度の賀茂祭の日に、何が悲しくて邸にこもって陰気な護符作りにいそしむんだ。あの燦々と降り注ぐ太陽の下で、きらびやかな行列を見て目の保養をしたほうが、よほど健全かつ建設的じゃないか！　ついでにとても楽しいぞ！」

目を輝かせて演説する岦斎に、晴明は胡乱な眼差しを向けた。

「……楽しいか？」

岦斎は拳を握り締める。

「楽しいに決まっている！　たぶん！」

見たことがないくせに自信満々である。

期待に胸をふくらませて目を星のように輝かせている同僚を見ていると、付き合わなかったら後々まで恨み節を聞かされそうな気がしてくる晴明だった。

幼少時に父に連れられて何度か葵祭の見物をしたことはある。だから、どういうものか晴明は知っている。

正直言って、あまり行きたいものではない。

見るだけだったら綺麗だ。見るだけだったら。

「よし、明日昼になったら迎えに来るから、それまでに終わらせておくんだぞ、晴明」

びしっと指を差されて命じられた晴明は、半眼になった。

「…………好きにしろ」

反論したとてどうせ無駄だ。この男は実に饒舌で、口論している内に気がつけばまるめこまれていることがほとんどだ。

意気揚々と去っていく青年の後ろ姿を半ば呆れて見送りながら、晴明は深々と息を吐き出した。

◇　◇　◇

賀茂祭。別名葵祭の人出は、毎年増えている。

行列を見物しようと路沿いに集まった都人をはじめ、ずらりと並んだ牛車が壮観だ。牛車の主は貴族の姫や北の方などで、それぞれに後ろ簾からのぞかせる出衣を凝らしており、目にも鮮やかなその色合いは都人にとって行列と並ぶ楽しみであるのだった。牛車を停める位置にも身分や家柄が大きく関係してくるので、並びを見ていれば上下関係がわかってくるものだ。

藤原家の牛車は美しく飾り立てられ、御簾から覗く出衣も大層見事だった。

ごった返す人混みを、岦斎は足取りも軽く、晴明は疲労した様子で、それぞれ歩いていた。

岦斎の故郷は人がさほど多くなかったそうで、晴明にとっては辟易以外の何ものでもない人混みも、彼には物珍しく映るらしい。

「すごい人だなぁ、晴明」

感嘆する岦斎に、晴明は肩を落としながら返した。

らである。

「そうだな。人混みも堪能したし、もう私は帰る」

抑揚のない語調なのは、昼までに護符を揃えるため、一刻程度しか眠っていないか

護符を作成するに当たり、丑の刻は避けるべき時間帯だ。邪魔が入ったため子の刻だけでは到底終わらず、寅の刻から書きはじめた護符は、夜が明けて日が高くなった頃にようやく枚数が揃い、倒れこむようにして茵に入った。

そして、午の刻少し前、晴明は岦斎の声に起こされた。

正面の妻戸が閉まっていたので、庭伝いにやってきた岦斎は、妻戸を叩いて晴明を呼んだのである。

最初は黙殺していたが、がんがんと叩く音に紛れておーいおーいと呼ばれることしばらく。

どうにも耐え切れなくなり、据わった目で起き上がった晴明は、妻戸を蹴飛ばすようにして開け放つと物騒に唸った。

「うるさい……っ！」

こめかみに青筋を立てている晴明を見た岦斎は、目をしばたたかせて言った。

「おや、起こしたか。すまん」

その瞬間、胸の中で「殺す…！」と決意した晴明を、いったい誰が責められるだろ

うか。

そして、依頼者に護符を届けた晴明は、そのまま岦斎に引きずられるようにして賀茂祭見物に連れてこられたのである。

これまで晴明にここまで傍若無人に振る舞った者はいない。

「おお、牛車が並んでいる。すごいすごい。聞いていたとおりだなぁ」

弾んだ口調できょろきょろしている岦斎とは対照的に、晴明は不機嫌を絵に描いたような顔をしていた。

何が悲しくて、こんな人混みに疲労の蓄積された身で来なければならないのか。

わあっと歓声が上がり、人々が目を輝かせる。沿道に集まった見物客たちは、できるだけ前へ出ようと押し合いになっていた。

距離を取ってそれを眺めていた岦斎は、並んでいる牛車の御簾が動く様を指差した。

「あ、ほら、いまあの牛車の御簾が動いたぞ」

ほらほら、と示されて、晴明は興味のない様子で一瞬だけ目を向ける。

見覚えのある牛車だった。

「……藤原家の車だな」

「そうなのか？　へぇ。北の方か姫君だろうか」

「さてな。こんなときでもない限り、深窓の姫君は外出などできないからな」

居並ぶ牛車をこうして眺めるのは数年ぶりだ。物心ついた頃には父とふたりきりだった。

葵祭を見物したのも数えるほどだ。初めての祭見物は、どれくらい前だったろうか。手を引かれて人混みに押されながら歩いていた童子を、やがて父は抱き上げて、ほらと牛車を指差した。

数え切れない人、ずらりと並んだ牛車。そして、豪奢な衣装をまとった祭礼の行列。圧倒された子どもは綺麗だと感じるよりも、見慣れない人の波に恐れを抱いた。

そうして、誰もが笑っていることを訝った。あんなふうにどうして笑えるのだろうかと不審に思い、それは胸の奥深くにいまも沈んだままだ。

「……藤原だというだけで一番いい場所で見物できるんだから、実に恵まれたものだ」

冷めた声音で言い捨てる。

大貴族の家に生まれたという、ただそれだけで。何ひとつなすことのない身でありながら、市井のものよりもずっと優雅に生きているのだ。

生まれひとつで、人はここまで差ができる。それは、大いなる天のさだめたもので、人の手では動かせない。

岦斎は、晴明を振り返った。まじまじと見られて、晴明は胡乱に眉を寄せる。

「……なんだ」

「いや……」

言い差して、岦斎は瞬きをした。

「お前でも、そういうことを言うんだなぁと、思った」

彼の意図が読めない晴明は、眉間のしわを深くする。

その額を軽く弾いて、岦斎は歯を見せて笑った。

「あまりにも浮き世離れしているからなぁ、晴明は。たまにはこういう俗世に戻ってきて人間らしいことを言ってみるのも、気分転換になるんじゃないのか？」

けろりとして言ってのける男を、晴明はまったく別次元の生き物を見るような目で眺めた。

その視線に気づき、さしもの岦斎も半眼になる。

「なんだ、その、ひとをまるで異次元生物でも見るかのような目は」

晴明は無表情のまま瞬きをひとつした。

そこまで寸分違わずに読むとは、こいつなかなかできる。

陰陽寮の官人は、否、大内裏に出仕している者たちのほとんどは、晴明を遠巻きにして決して近づいてはこない。

かかわったら何が起こるかわからないから。

心にやましいことのあるものは特にそうだ。

政敵を蹴落としたいと願うもの、実際に手を下したもの、自らは動かずとも力のある術者に呪詛をかけさせたもの。

捜せばいくらでも出てくるだろう。――大内裏は、百鬼夜行の蠢く伏魔殿だ。

晴明は息をついた。

にぎやかで楽しそうなたくさんの顔がある。祭見物の群衆は、自分のことだけに忙しく、ここに異形の血を半分持っている、化生とも人間とも知れない不確かな存在があることなど知りもしない。

もしここで晴明の素性を明かしたら、彼はどういう扱いを受けるのだろうか。

狐の子。異端の存在。自分たちと違うものを、人は忌み嫌い拒絶する。

「……出仕など、したくなかったんだがな…」

だが、父が願って、師が勧めた。

断れなかった。

父はもちろんだが、忠行は晴明をごくごく普通の子どもとして扱った。

幼い頃に母を失った晴明は、その出自も相まって、ほかの子どもよりずっと冷めており、また恐ろしいほどに聡明だった。それを知ってなお、忠行は彼に、分別を知らない幼子にするように接した。侮っていたわけではない。晴明をひとりの子どもとして扱い、彼がほかの子どもにするのと同じように扱っただけだ。
そこには裏表がなく嘘偽りもなく。頑なだった心は、少しずつとけた。

「晴明」

呼び声が、晴明を現実に引き戻す。

「焼き魚を売っているぞ、食べないか」

見れば、離れた場所にいる岦斎が指差している。

複雑な思いで目を細めた。

晴明。その名とて、呼ばれるようになってからまだ五年と少しだ。

彼は、元服するまでずっと、童子、もしくは安倍の若君と呼ばれていた。

忠行ですら、子どものうちは彼を「晴明」とは呼ばなかった。

師は、晴明の父と旧知の仲だった。母のことも知っているようだった。

母である葛の葉の面影は、いまでもほんの僅かだけ、晴明の中に残っている。だがそれは本当に朧で、はっきりとした輪郭を見せることはない。

晴明にはささやかな願いがある。ささやかだけれども、とても重く、難しい願いだ。

一生口にすることはないし、かなうこともないだろう願いは、いつも彼の心の一番奥で、まるで水底に沈んでいる水晶の欠片のように、ごくたまにきらりと光って存在を主張するのだった。

ふいに、目の前に湯気の立つ鮎の塩焼きが突き出された。

「晴明、ほら」

晴明は少しのけぞって、横目で岦斎を睨む。

「危ない」

「そんな目くじらを立てるなよ。うん、うまいぞ」

鮎の腹にかぶりついた岦斎がにんまりと笑う。

晴明は息をつき、鮎の串を受け取った。

かじると確かに旨かった。焼きたてで塩加減も丁度良く、食べて初めて、空腹だったことに思い至った。

考えてみると、朝から水しか口にしていない。護符を書くときは、なるべく精進潔斎しなければならないからだ。

ものも言わずに鮎を平らげる晴明を、岦斎は満足そうに眺めていた。

視線を感じて居心地が悪い。誰かに見られているということに、晴明はあまり慣れていないのだ。

「……なんだ」

「足りないならまだあっちで焼いていたぞ。それと、焼き餅とかちまきもあったな」

甘味が見あたらないのが残念だが、まぁいいか。

そうからりと笑って歩き出す岦斎の背を見て、晴明は息をついた。

どうにも、この男が相手だと調子が狂って仕方がない。辟易して、必要以上に疲労させられる。

だが何よりも晴明をうんざりさせているのは、調子を狂わされているにもかかわらず、最終的には岦斎を許している自分自身なのだった。

雑鬼たちに言わせれば、二十歳を超えてあの安倍童子も少しは丸くなったよな、ということだ。

自覚はない。雑鬼たちの言に納得もいっていない。しかし、事実としてそうなっていることは、腹立たしいことこの上ないが、理解できてもいるのだった。

誰かと深くかかわることは、危険だ。この身は人と妖の狭間のもの。人でも妖でも、かかわりが深まれば、ぎりぎりのところで保っている均衡が崩される。

姫御前とかかわりすぎているいま、晴明は彼岸に近い場所に立っている。妖の領域に踏み込みつつある。

生者は彼岸に渡れない。渡るときは、命を失ったとき。

そして妖は、人の命を奪うのだ。

それが、彼が生まれながらに負った命宿。

行列見物の人混みは、徐々に数を増していく。そろそろ本気で帰ろうと心に決め、晴明は岦斎を捜した。

勝手にいなくなったら、あとで何を言われるかわかったものではない。形だけでも一声かけておかなければ。

「岦さ……？」

晴明の足が止まった。

うなじに、ぴりぴりとしたものが触れたような気がした。

「………」

首に手をやって、周囲に視線を走らせる。

何もいない。だが、自分の直感に何かが引っかかった。

ぴりぴりとしたものはやまず、背筋に滑り落ちていく。全身が自然と緊張して、晴明の表情が鋭く変わった。

「なんだ……？」

一方、あちらこちらを見ていた岦斎は、当然ついてきているものとばかり思っていた晴明の姿が見えないことに気づき、慌てていた。

「晴明はどこだー？」

きょろきょろと人波を見渡していた岦斎の視界に、見慣れた横顔がかすった。

「ああ、いたいた」

ほっとしてそちらに歩き出したとき、岦斎の背筋を冷たいものが駆け下りた。

「これは……」

反射的に周囲を見回し、警戒態勢を取る。自分の持つ直感が、警鐘を鳴らしている。

注意深く視線をめぐらせていた岦斎は、晴明もまた剣呑な面持ちをしていることに気がついた。

「あいつも、感づいたか」

だが、察知したのは確実に岦斎より晴明のほうが早かっただろう。

彼の持つ霊力は、岦斎よりも強い。

陰陽術を生業とする者の集落で生まれた岦斎は、その素性に見合った技量を持っているのだが、感知能力も退魔調伏の力も、すべて晴明に及ばない。

それは、努力や修行では決して埋めることのできない、生まれ持った才能の差だ。

才能ばかりはどうしようもないので、あまり考えないことにしているが、ひとつくらい晴明より長けたものを持てたら、胸を張って相対できるような気もしていた。

岦斎とて人の子なので、羨望や焦燥を感じる。ひとつでも優れた術、優れた技を得たいと、晴明と接するようになってからずっと考えているのだった。

雑多な人混みを泳ぐようにして進みながら、岦斎は手をあげた。

「おい、晴明……」

瞬間、咆号が轟いた。

居並ぶ牛車の中でも比較的質素な様相の車につながれていた牛が、突如として暴れだした。

咆哮しながら身をよじり、苛立ったように前足を踏み鳴らす。首の軛を括った紐を引きちぎるような激しさで暴れていた牛は、やがて血走った目をして咆えると狂ったように走り出した。

突然の事態に、見物客たちは咄嗟の反応ができない。

目の前に牛のひづめが迫ってきたのを見て、ようやく危険を感じ逃げ惑う。

歓声がざわめきに、そして悲鳴へと変化するのにそれほど時間はかからない。

走り出した牛車は行列から離れるように斜めを向き、観客たちを蹴散らしながら突進していく。

暴走牛車が迫ってくるのを感じ、咄嗟に下がって難を逃れようとした晴明は、撥ね上がった前簾の向こうに人影を見た。

乗車していたのはたおやかな風情の歳若い女。少女の域を出かけ、華美ではないが品のよい袿をまとった女が、青ざめて牛車の方立てにしがみついている。

救いを求める視線が、晴明のそれに絡んだ。

「――――――」

視線を交わしたのは一瞬だ。目が合ったと思ったのは、ただの錯覚だったかもしれない。

だが、晴明の足は反射的に動いていた。

一方、尋常ならざる事態のなか、混乱をきたして恐慌する群衆の波に呑まれかけた岦斎は、その中からかろうじて脱した。

「えらいことに……」

悲鳴があちらこちらで上がっている。その中で、ひときわ切迫した叫びが聞こえた。

「姫様――……っ！」

岦斎は、疾走していく暴走牛車を凝視した。

撥ね上がる後ろ簾の向こうにかろうじて見える衣と華奢な人影。控え目だが品のよい合わせの色だった。あの牛車の主は、いずこかの貴族の姫か。

叫んだのは、撥ね飛ばされて起き上がれない牛飼い童だった。

慌てて駆け寄った岦斎が手を貸そうとすると、牛飼い童は悲痛な声で懇願してきた。

「お願いです…！　姫様を、どうか姫様をお救いください…！」

苦痛を堪えながら、蒼白になった牛飼い童は、牛車をさして繰り返す。

「お願いです、どうか……！」

岦斎は頷くと、牛飼い童を置いて駆け出した。

牛車を引いているとはいえ、本気で疾走する牛は相当に速い。人間がいくら全力疾走しても、距離は開いていくばかりだ。

「くそ…っ！」

歯嚙みした岦斎は、牛が突然怯えたように悲鳴を上げ、たたらを踏む様を見た。

「なに？」

はっとして視線を滑らせれば、自分と同じように駆けている晴明が、口元に刀印を当てて何かを唱えている。

岦斎は目を凝らした。

牛の足元だ。

徒人には見えない小さな動物が、牛の足に絡み付いている。牛は己れの足に絡む見えない何かに怯えて、まるで踊っているように足をばたつかせているのだった。

「晴明！」

晴明は岦斎を一瞥し、そのまま無言で駆けて行く。会話をしているいとまはない。

足止めが効いている間に牛をなんとかしなければ。

振り払われたら、我を忘れた牛は今度こそ止まらないだろう。

遠巻きになった見物客たちが青ざめて見守る中、晴明は牛車の前に回り込んだ。

「裂破（れっぱ）！」

刀印を振りかざし、裂帛（れっぱく）の気合いとともに袈裟懸（けさが）けに切り下ろす。

不可視の刃（やいば）が牛と牛車をつなぐ軛を両断した。

反動で大きく震（ふる）えた牛車が傾（かたむ）いて倒（たお）れそうになる。だが、ぎりぎりで均衡（きんこう）を保ち、元の位置に戻（もど）った。

車体の重量すべてがかかった輪が轟音（ごうおん）を上げ、何度か弾（はず）んで動かなくなる。

一方の牛は、何度も何度も前足を蹴（け）りつけ、よだれを撒（ま）き散らしながら血走った目を虚空（こくう）に据（す）えていた。

そこまで恐怖（きょうふ）におののいている理由はなんだ。

「ナウマクサンマンダ、バサラダン、センダマカロシャダ……」

平常心を取り戻（もど）させようと真言を唱えながら、晴明は剣呑（けんのん）に眉（まゆ）を寄せた。

おかしい。これほどに怯えているのはなぜだ。いったい何が牛をここまで追い詰（つ）めているのだ。

印を組んだまま牛を睥睨（へいげい）していた晴明は、牛の背に、朧（おぼろ）な影（かげ）が見え隠（かく）れしていることに気がついた。

暴れる牛の背にかぶさるような、黒い影がある。

それを知覚した瞬間、晴明の背筋に戦慄が滑り落ちた。

ざっと全身が総毛だつ。

跳ね上がった心臓が全力疾走をはじめ、冷たい汗が噴き出した。

「あれは、なんだ…？」

愕然と呟く晴明の目に、得体の知れない黒い影が少しずつ鮮やかさを得て映し出されていく。

しばらく目を凝らしていた晴明は、はっと息を呑んで硬直した。

黒いのは、それが放つおぞましい気配だ。黒に見えるそれを絶えず身にまとった体軀が、牛の背にまたがって手綱を握っているではないか。

「……っ！」

茫然と立ちすくむ晴明の許にようやくたどり着いた岦斎は、彼と同じく牛を顧みてぎょっとした。

「な……っ！」

相手の力が強いからか、何もせずにここまではっきりと視えることは本当に稀だ。

晴明はぐっと唇を噛むと、印を組み変えて息を吸い込んだ。

呼吸は息吹。

「ナウマクサンマンダ、バサラタセンダ、マカロシャナタヤソワタラヤ、ウンタラタカンマン……！」

萎縮していた晴明の霊力が噴き上がる。

牛を操ったその影は、それを見て無造作に手綱を引いた。

「！　ま……っ」

反射的に叫ぼうとした晴明と岦斎を、凄まじい竜巻のような衝撃が襲う。

「く……っ！」

巻き上がる砂塵が視界を覆う。ふたりは腕を交差させてその衝撃をやり過ごした。

同時に、口から泡を飛ばしながら前足を蹴り上げた牛が、そのまま白目を剥いてぐらりと傾く。

どうと音を立てて横倒しになった牛の背に、もうあの影は見出せなかった。

晴明は拳を握り締めた。

「……………くそ……っ」

まるで地の底のような冷え冷えとしたあの目に射貫かれて、晴明も岦斎も、完全に呑まれていた。

出会い頭だったとか、予想外だったとか、突発的な事態だったとか、いくらでも言い訳はできる。しかし、事実としてふたりは異形の放つ鬼気に呑まれてすくんだのである。

衝撃が去ると同時に、凄まじい憤激がわき上がってきた。

それは、自分自身に対する怒りと憤りだ。

足を引きずった牛飼い童と、随従と思しき者たちが幾人か、ふらふらと牛車に駆け寄った。

「姫……！」

「姫様、姫様、ご無事ですか？」

「姫様！」

御簾の下からは、乱れた衣が覗いている。

乗車していたはずの姫の安否はどうなのか。

さすがにそれが気にかかり、晴明は頭を振って牛車に近づいた。

「姫君は、ご無事か」

随従のひとりに問うと、彼は蒼白の面持ちで首を振った。

「返事がありません。気を失っておられるようで……」

「本当に気を失っているだけか？　もしそうでない場合は、取り返しがつかなくなる」

晴明の言葉に、随従の顔からさらに血の気が引いていく。

いまにも泣き出さんばかりの随従を岦斎に任せ、晴明は牛車の後方に回り込んだ。

「姫君、無礼を許されよ」

見物客には見えないように気を配りながらそっと御簾を上げ、中を覗く。

正体なく横たわった姫君は、随分細身だった。

年の頃は十五か、六か。青ざめて色を失った面差しは頼りなく、輪郭を縁取る黒髪はつややかで美しい。

「姫、姫、しっかり……」

少しためらったあとで肩に触れ、軽く揺さぶると、かすかなうめきが薄い唇かられた。

「……う……」

白い瞼が震え、霞のかかった瞳がのぞく。あてどもなく彷徨った視線は、やがて晴明を捉えた。

「……あ……」

怯えたような瞳が大きく揺れる。彼女は白く細い指をのばそうとしたが、ふいに瞼を落としてそのまま動かなくなった。

ぱたりと落ちた手は、晴明の膝にもう少しで届こうとしていた。

すがるような眼差しだった。無理もないだろう。あのまま牛が暴走しつづけたら、どうなっていたか。

それから晴明は、小さな肩に手をかざし、霊力をもって、体になんらかの怪我を負っていないかどうかを視た。

「……よかった」

晴明はほっとした。命に別状はないようだ。心身を同時に襲ったあまりの衝撃に、気を失っただけだろう。

「あの、姫様は……」

おどおどと尋ねてきた随従に無事を伝えると、彼は怯えた目を晴明に向けてきた。

「あの、あなたさまは……」

晴明は一瞬強張り、やや置いてから名を告げた。

「……安倍晴明」

「あべの……？」

呟いた随従は、思い当たったのか、はっとした様子で目を瞠った。

「まさか、あの……」

どの「あの」なのかは、詳細を聞かなくてもわかる。

晴明は無言で頷くと、そのまま軽く一礼して随従の隣をすり抜けた。

「岦斎」

岦斎は、倒れた牛の前に膝をついて、印を組んでいた。正気づかせようというのだ。

「ひふみよいむなやここのたり……」

牛の足がぴくりと動き、頭から首が痙攣する。瞼を開いた牛が、少し頼りない足取りであるものの立ち上がる様を見て、牛飼い童は心から安堵したようだった。

正気を取り戻した牛は、怯えたように周囲を見回してから、いつも世話をしてくれる牛飼い童に鼻づらをこすりつける。牛飼い童は半泣きでその首筋を撫でた。

嘆息した岦斎は、晴明の目配せに気づいた。騒ぎを聞きつけた京職や検非違使が来る前に立ち去ったほうが面倒がない。

ふたりはそのまま群衆に紛れてそこから逃れた。

折角の賀茂祭だったのにと、岦斎は大層残念そうだった。しかし、余計なことにかかわって、また妙な風聞が立つのは好ましくない。

晴明のそういう心情もわかるので、結局彼は来年に望みをかけることにした。

二

翌日、いつものように肴を持参して安倍邸を訪れた岦斎は、辟易した様子の晴明に出迎えられた。

「……なんだか、うんざりしてないか、晴明」

「しているとも、よくわかったじゃないか」

だって顔に書いてある、とはさすがに言えず、岦斎は話題を変えた。

「そういえば、昨日の暴走牛車の姫。どうやら橘氏の姫君だったらしいな」

岦斎の前を歩いていた晴明の足が、ぴたりと止まった。

衝突しそうになった岦斎はたたらを踏んでそれをなんとか回避する。

わたわたとしている岦斎を肩越しに振り返り、晴明は半眼になった。

「……それが？」

物騒な目である。岦斎は言葉を探した。迂闊なことを言ったら、大変まずい気がする。

「いや…、まぁ、あれだ。俺が、そう、俺が。俺が気になったので、軽く調べて、……ま、それだけだ」

無理やり話を完結させた岦斎を置き去りにまた歩き出した晴明は、自室に入って文机の上に放ってあった文を投げてよこした。

反射的にそれを受け取った岦斎は、ざっと一読して、その文の送り主がくだんの橘氏であることにぎょっとした。

「なんで!?」

開け放った蔀の前に腰を下ろし、部屋の主が不機嫌そうに口を開く。

「今朝方それが届いた。仕方がないから先方に出向いたら、涙ながらに厄介ごとを振られた」

岦斎はちまっと正座した。晴明の背が、それはもう苛立っている。

「ちなみに、その厄介ごとというのは…どんな？」

極力世俗にかかわらないことを信条としていた青年は、抑揚に欠けた語調で答えた。

「ばけもの退治だ」

◆　◆　◆

孫娘を救ってくださって、本当になんとお礼を申し上げればよいのか。

実は、祭見物にと送り出したのは、とある公達だったのです。

閉じこもってばかりの孫を連れ出して、晴れやかな気持ちにさせたいとの思し召しでした。

しかし、その方は昨夜急に身罷られてしまわれた。

お笑いくださいますな。

我が孫は、恐ろしいさだめを負っているのです。

孫には幼い頃から不思議な力がありました。

貴殿ならばおわかりでしょうか、我々には見えないものが視えるのだというのです。

ですから孫は、諦めてしまっているのです。

晴明殿、貴殿のお噂はかねがね聞き及んでおります。

どうか、貴殿のその類稀なる技をもって、あの子を救っていただきたい――。

◆　◆　◆

胡坐を組んで、晴明は頬杖をついて肩を怒らせた。

「昨日見た、牛を暴走させた影。あれが、橘家の姫を御所望なんだそうだ」

厨から白湯を持ってきた岦斎は、再びちまっと正座し、ふむふむと話を聞いている。

今年に入ってから、怪事に見舞われるようになったのだという。

どれほど高名な僧都の祈祷を行っても、霊験あらたかだという修験者に悪鬼調伏の法を依頼しても、怪事は一向に止まない。

夏の初め、その怪事はすべて、姫を見初めたばけものの仕組んだことであると、とある術者が暴き立てた。しかし、その術者は、暴くことはしたものの、ばけものに怖れをなして逃げ出してしまった。

姫の両親は彼女が幼い頃に病で儚くなっており、血縁は年老いた祖父母だけ。

いい縁があって婿を取り、ささやかな幸せを摑んでくれればいいと願っていた老夫婦は、この上もなく打ちひしがれた。

自分たちには何もできず、このままでは大事な孫娘がばけものの餌食にされてしまう。

そんな折に、姫をぜひ妻にと望む公達が現れた。いまはまだ身分は明かせないが、決して不自由はさせない、娶った暁には我が故郷にて何不自由ない生活を約束する。

身分を明かせないがゆえ、来訪は常に人目を避けた夜。まとう衣装も上質で、訪れるたびに高価な贈り物を携えてきた。

当初は警戒していた橘翁と媼だったが、公達の熱意にやがて心を動かされ、その申し出を受けようとした。

が、姫は頑なに拒んだ。我が身とかかわれば禍が降りかかると。

どれほど乞われても几帳越しで、じかに会うことは決してなかった。

翁と媼は孫娘を幾度も説得しようと試みた。だが、孫は生きる気力も何もかもを失っていくようにふさぎがちになり、笑うことすらもなくなってしまった。

それでも、なんとか孫の心を開かせたいと願っていた矢先に、公達が急死してしまったのである。

ばけものの仕業に相違ない。まるでそれを示すかのように、昨晩翁媼のもとに、恐ろしいばけものが現れた。

邪魔者は始末した、ほかの誰にも渡さない、諦めて姫を寄越せ。

暗闇の中でけたけたと笑いながら、ばけものはしかし翁たちに危害を加えることはしなかった。肌身離さず身につけていた護符のおかげだろうと翁は語った。

そして姫はその哄笑を聞きながら、いまにも儚くなってしまいそうな風情で声もなく項垂れていたという。

あのばけものを退けなければ、あの子は幸せになれない。

そうむせび泣く翁と媼に、さしもの晴明も冷淡な態度は取れなかったのである。

その後、直接お礼を申し上げたいという姫のたっての願いで対面を果たした。

「ほほう」

持っていた椀を置き、岦斎は興味深げに腕を組んだ。

「姫がみずからお前に会いたいと。ほほう、ほうほう。求婚者とは会わなかったのに、几帳もなしにお前と。それはそれは」

しきりに感心している岦斎を軽く睨み、晴明は憤然とつづける。

「報酬はできるだけこちらの希望にそったものを差し上げる、だからどうか、と。老い先短い夫婦が揃って足に縋りついてきそうだったので、早々と辞去してきたんだ」

いつもならすげなくあしらうところなのだが、さしもの晴明も、涙ながらに懇願する老体に冷たくするのは良心が咎めた。

しかし。

「えらいのに見込まれたなぁ、晴明」

茶化すようなそぶりを見せながら、岦斎はその実ひどく真剣だった。

晴明もそれをわかっているので、受け流して沈黙する。

群衆のただなかで牛を操り、姫君をさらおうとしたばけもの。

妖怪変化の類だったら、何度か調伏したことはある。

晴明はその術を知っている。師の忠行も、お前には天賦の才があると唸っていたものだ。

だが、相手はいままで退治してきたものとは桁の違うばけものなのである。

昨日の対峙で、ふたりはそれを見抜いていた。力量を量れるのも才の内だ。依頼遂行と命とを秤にかけて下がるのは、今回は命のほうだった。

さすがに神妙な面持ちになった岦斎が、ううんと唸ってそうっと口を開いた。

「……どうするんだ、晴明」

「…………さあな」

晴明が決めかねている。

そのことに、岦斎は驚いた。晴明の性格だったら、一も二もなく断って、その後どうなろうと知らぬ存ぜぬでとおすだろうと踏んでいた。

しかしそれではあまりにも橘の翁と媼が、そして何より不運な姫が哀れなので、どうにかとりなせないものかと考えていたのである。

振り返らない晴明の背を見ていた岦斎は、軽く息をついて立ち上がった。

「今日は帰るとするよ」

答えはない。岦斎はめげずにつづけた。

「もし、もし助けがほしかったら、遠慮なく言ってくれよ。まあ……どこまで役に立てるかは、今回はさすがに、ちょっと、なぁ……なんだが…」

だんだん張りを失っていく声音が、事態の重さを物語っている。

岦斎は晴明の実力を、ある程度知っているつもりだった。

自分の力も十二分に把握しているつもりだ。

ひとりでは無理かもしれないが、ふたりで力を合わせたらなんとかならないだろうか。折角、一度は助けた姫なのだ。

「あまり、ひとりで悩むなよ、晴明」

余計な台詞かと思ったが、背を向けたままの晴明は、珍しく黙って片手をあげた。

そんなことは初めてだったので、岦斎は驚き、彼の苦悩の深さを垣間見た。そして、晴明にそこまでさせる橘の姫に少し興味が湧いた。

岦斎が出て行ってからも、晴明はずっと簀子の前に胡坐をかいて、庭の池を睨んでいた。

東側にある池は、少しずつ橙色に染まる光できらきらときらめいている。

「……もう、こんな刻限か」

傾いた陽射しは色を変え、世界を優しい光で染めていく。

翁媼の話によれば、幼い頃から妖を視る見鬼の才を持っている姫だという。徒人である祖父母には、孫の視ているものがまったくわからない。そこにいるのだと言われてもどうしてやることもできず、年老いた女房や雑色たちも同じだ。だが、姫は決して嘘を言うような気性ではなかったから、家人たちは彼女の言うことをそのまま信じた。

ほかの誰にも見えない異形のものを恐れて怯える姫を、見えないものから守りながら、橘家の者たちはみな掌中の珠のように慈しみ、その成長を喜び、いつかいずれかの公達の妻となって幸せになる日を待ちわびていた。

——いつも私たちや女房たちを気遣ってくれる、穏やかで優しい娘なのです

両の手で顔を覆いながら、すっかりやつれ果てた媼は泣き濡れた。

——名のある行者の方が見れば、あの子が恐れる妖は、なんの害もないようなものたちばかりなのだということでした。そのような妖にも怯えていた子だったのに、いつからか恐れる風情も怯える風情も見せなくなりました。ばけものに魅入られて、繊細な心まで蝕まれてしまったのです……

公達の死を告げられた姫は、表情の抜け落ちた顔で、最初に贈られた香炉から立ち昇る香の煙を見つめていたという。

部と御簾の下りた部屋で対面した姫君は、静かに晴明を見つめて言ったのだ。

『どうか……私のために命を懸けることは、なさらないでください』

翁と媼の言葉どおり、彼女は既に何もかもを諦めているようだった。

『これが私の天命なのでしょう。……天命に抗うことは、できません』

うつむいて、彼女は目を伏せた。ばけものに魅入られて、そこから逃れる術はない。逃れようと足掻けば、関係のない者が犠牲となる。

そのことを嫌というほど思い知った。

『……もう、誰も巻き込みたくはないのです……』

それまで眉ひとつ動かさずに彼女の言葉を聞いていた晴明は、はっと胸をつかれた。

白い頰に、涙が一筋滑った。

泣き叫ぶでもなく、うろたえるでもなく。ただ、己れのさだめを受け入れて。

彼女の涙は、己れの悲劇を嘆くものではなく、かかわったばかりに悲運に見舞われた者への哀悼と謝罪の念ゆえのものだったのだ。

これまで、妖に魅入られたといって晴明に助けを求めてきた者がいなかったわけではない。そのたびに彼は、それらを退け依頼主を救ってきた。

しかし、大概においてそれは因果応報という言葉が当てはまるものだった。

それが貴族社会というものだ。わかっていても、気分を害することに変わりはない。

自分はまだまだ青いのだろう。その自覚はある。酸いも甘いも嚙み分けて、清濁併せ呑むのが陰陽師だ。

いちいち気にしていたらこの先やっていくことはできない。

裏と表を持っている人間の醜さを、晴明は嫌っている。それは、自分自身も持っているものだからなのだった。

異形の血を引いている自分と、心に邪を飼っている人間たちと、いったい何が違うというのだ。抱えているものは同じではないか。

だから晴明は、人間が嫌いなのだ。

「……どうする」

人間は嫌いだが、あの姫を見捨てるのは少々寝覚めが悪い。

晴明は立ち上がった。

たった一度相対しただけだが、あれは自分の力など遠く及ばない化け物だ。

いまからどんな修行を積んだとしても、到底間に合わないだろう。

「もっと真面目にやっておくんだった」

苛立ちに任せて吐き出してももう遅い。

霊力と術だけでは抗せない。ならばほかにどんな手立てがある。

書物や巻物を広げて、手段を探す。夕陽が落ちて暗くなり、燈台の灯火を頼りに書面を追う晴明は、いつしか必死になっていた。

姫の涙が、晴明の心を駆り立てるのだ。

「式を使うか。妖や異形の類を使役に……いや、そんなものでは歯が立たない」

どうする。どうする。

「……っ、くそ…っ！」

拳を握り締めた晴明は、手にしていた書物を壁に投げつけた。

異形の血を受けていても、何の役にも立たない。

ばさりと落ちた書物が、ちょうどその下においてあった占具を直撃した。

からからと音が鳴る。

晴明は、それに釘付けになった。

この国には八百万の神が坐し、大陸から伝わってきた陰陽道にも、様々な神がいる。

占具に手をのばし、晴明は目を瞠った。

これを、六壬式盤という。

そこに記された神の名を、確かめるようにひとつずつ指で触れる。

神はすべて実在する。使役と成せば、その力は絶大。

「……十二神将……！」

安倍邸(てい)にある書物は、かなりの量だ。晴明自身が集めたものもあるし、父の代、その前の代にそろえられたものもある。

安倍氏は元々陰陽道を学ぶ血筋で、播磨(はりま)陰陽師の流れを汲(く)んでいる。遡(さかのぼ)れば、菅原(すがわら)の血もどこかで入っているということだった。

それほどに、晴明は蔵書に事欠かない。

にもかかわらず、十二神将について記されているものは、五行大義(ごぎょうたいぎ)しか見つけられなかった。

最後の山をあさり終えて、晴明は忌々(いまいま)しげに顔を歪(ゆが)めた。

気がつけばすっかり暗く、いつのまにか点(とも)していた燈台の油がほとんど残っていない。

「……足さないと…」

何気なくのばした指が震(ふる)えている。

なぜなのかをしばらく考えて、何も口にしていないからだということに思い致った。

額を押さえて、晴明は息をついた。

「……そういえば、朝から何も食べていなかったな…」

今朝方橋の邸(やしき)から文が届けられて、仕方なく赴(おもむ)いて、涙ながらにばけもの退治を訴(うった)えられて。

しかし、当事者の姫は、自分のために命を懸けるなというのだ。

そのまま帰ってきて、無性に胸がざわついて。やってきた岦斎が珍しく長居をしないで帰っていった。それが確か、夕焼けの頃。

ふらふらしながら立ち上がり、厨に向かう。

土間の端に据えてある水瓶から柄杓で水を飲み、なんとかひと心地ついた。

何か食べないと、動けなくなる。だが、どういうわけか食欲がまったくなかった。

その理由はわかっている。

晴明は本気で嫌そうに舌打ちをした。

橘氏の翁と媼には、ばけもの退治をするともしないとも答えていない。岦斎にもそう告げた。十二神将のことに思い当たって、五行大義を紐解き、ほかの書物をあさっていても、それでもまだ晴明の中では心は決まっていない。少なくともそのつもりだった。

だが、体のほうはとっくに性根を据えて腹を括り、精進潔斎に入っているのだ。

人は数日くらいだったら、何も食べなくとも支障はない。水と酒だけ飲んでいれば問題はないのである。

極限まで自分を追い詰めて、余計な想念を削ぎ落とすことで、術を行使するための霊力をより鮮烈にするために。

しかし、いくら理屈ではわかっていても、何かを胃に入れないと落ちつかない。空腹の状態で酒を入れたら、調べものどころではなくなる。

何かないかと探していた晴明は、橘邸を辞去する際に渡された包みがあることを思い出した。橘氏の姫が、お礼にと持たせてくれたものだ。

あれはなんだったのだろうか。

部屋に戻って、すみに放っておいた包みを開いてみる。

出てきたのは唐菓子だった。

「……菓子か」

油で揚げられた唐菓子をひとつつまむ。菓子などあまり口にすることがないので、慣れない味だ。だが、決してまずくはなかった。

あの一家は、橘氏の中でもあまり裕福ではない部類に入るだろう。それくらいは晴明にも察しがついた。藤原氏の攻勢に押されて、橘氏や小野氏、中臣氏といった氏族は、大内裏で政の中枢からはずされている。

ばけものの標的になったのが、賀茂祭でもっとも見晴らしのよいあの場所に陣取っていた藤原の姫だったら、晴明のところになど退治の依頼は来なかっただろう。

世の中には実力も名もある陰陽師がほかにもいるのだ。人間と化生との子と揶揄される自分に、お鉢が回ってくるわけがない。

没落寸前の橘家だからこそ、たまたま通りすがっただけのような晴明に助けを乞うたのだ。

唐菓子をかじりながら、晴明は自嘲気味に笑った。

異端の自分のところにやってくるのは、そういったものたちばかりだ。

もう何もかもがわずらわしい。

十二神将を使役となして、橘氏の姫を救ったとする。だが、そのあとはどうする。

大体十二神将などという得体の知れない神を使役に下して、それで本当に役に立つのか。

式盤にその名を見つけたときは、これしか考えられないほどの上策だと思ったが、時間が経てば経つほど、それがただの思い込みに過ぎなかった気がしてきた。

じじ、と音を立てて、燈台の炎が揺れる。風が不自然に入ってきた。

座り込んで唐菓子をかじっていた晴明の傍らに、異形の気配が舞い降りる。

晴明はそちらを見ようともしない。ただ、不機嫌そうに眉間にしわが刻まれた。

『ご機嫌斜めのようだの、晴明』

艶を含んだ声が、晴明の耳の奥に忍び込んでくる。

うんざりした様子の晴明の顎に手を添えて、上向かせながら、姫御前は膝をついた。

『お前にしては、珍しい。いつもは苛立っていようと、殺意を抱いていようと、そこまでそれを露にするようなことはなかろうに』

晴明の眼差しが氷刃のような冷ややかさを伴った。

「気安く触るな」

ぱしっと音を立てて異形の女の手を払いのけ、晴明は立ち上がる。

床に広げられた包み紙を一瞥した姫御前は、意味ありげに笑うと、後ろから晴明に抱きついた。

『その苛立ちの正体を、わらわが教えてやろうか？』

白い指が晴明の顎から喉をなぞっていく。青年は不機嫌そうにその手を引きはがした。

「触るなと言った」

さらに姫御前の腕から逃れようとした晴明の耳朶に、艶かしい声がねっとりと絡みついた。

『橘の姫』

晴明の動きが止まる。

目を瞠った晴明の顎から唇を、生き物のような細い指がなぞった。

『狙っているものの手がかり、ほしくはないか？』

晴明の肩がぴくりと反応する。

肩越しに視線を向ける青年に、化生の双眸が蠱惑の光を向けた。

しばらく無言で姫御前を睨みつけていた晴明は、恐ろしいほど低く唸った。

「……望みは」

姫御前の唇が三日月の形に歪んだ。

言葉にしなくとも、肌でわかる。

晴明は化生を睨んだまま体勢を変えると、白い顎を乱暴に上向かせた。

別に、どうということはない。戯れに時を過ごしたことなど数え切れないほどある。それで何かが変わることもなく、強いていうなら胸の奥が僅かにきしむ程度で、感じ方や人生観に影響が出るわけでもない。

愛も情もありはせず、どちらかといえば互いの間に流れるものは、殺伐とした敵意に似ている。だからこそ、離れもせず近づきもせず、人界と異界の狭間を揺蕩っていることができたのだ。

首に絡みついてくる白い腕はひやりと冷たく、熱い吐息をもらす女の唇は血を塗ったように紅い。

ふいに、すべてを諦めてしまったような力のない眼差しと、あの部屋にかすかに漂っていた奇妙に甘い香の残り香を思い出した。

が、すぐにそれを振り払う。

熱を帯びはじめた体をくねらせながら、化生の女は晴明をひどく冷たい目で一瞥していた。

◇　◇　◇

陰陽寮の渡殿を、巻物を抱えた岦斎がぱたぱたと歩いていると、大内裏の一角で噂話に花を咲かせている貴族たちを見かけた。

朝議が終わったばかりの時刻だ。議題の内容でも話しているのだろうか。なんにしても下級の官人である岦斎には余りかかわりがない。

一礼して通り過ぎようとしていた岦斎の耳に、聞きなれた単語が飛び込んできた。

「……安倍晴明……」

通り過ぎかけていた岦斎の足が、そのままぐるりと向きを変えて元きた方角に向かう。

貴族たちに近づいて、礼儀正しく問いかけた。

「あの、安倍晴明が、何か……」

突然割って入ってきた青年に、貴族たちは胡乱げな目を向けた。が、しばらくして、青年が陰陽寮に所属している官人だと気がついたらしい。

「おや、そなたは確か、賀茂忠行殿の弟子か」

岦斎は黙然と一礼した。

陰陽道の大家である賀茂忠行には、息子たちのほかにふたりの弟子がいる。

ひとりは安倍晴明。晴明が幼少の折にその才を見抜き、瓶の水を移すが如くに知識のすべてを教えたと評判だ。本人は出仕をしても不真面目な態度で、退出すれば噂することすらはばかられるほど自堕落な生活を送っているらしい。が、彼の作る護符だけは効果覿面と、もっぱらの評判だった。

もうひとりが、南海道遠国からやってきた榎岦斎である。

しばらくどうしたものかと互いの顔を見合わせていた貴族たちは、晴明と岦斎が兄弟弟子だということに思い当たり、安心したようだった。

「そなた、安倍晴明とは親しいのか？」

「親しいと……私はそう思っておりますが。晴明が、何か？」

「おお、ならばそなた…ええと」

困惑した風情の貴族に、察した岦斎は己れの名を告げる。

「榎岦斎と申します」

「おお、岦斎か。実は、晴明に護符を作ってくれるよう使いを出したのだが、さっぱり音沙汰(おとさた)がなくてな」

ひとりが口火を切ると、ほかの者たちも次々に訴(うった)えてきた。

「わしもじゃ」

「私もです」

「そればかりか、ここ数日まったく姿を見せぬと聞く。晴明は、異形の子であるというまことしやかな噂がある。よもや、神隠(かみかく)しにでも遭(あ)ったのではないかと、話しておったところじゃ」

岦斎は目を見開いた。

「神、隠し…？」

あの晴明が。そんなばかな。

呆気(あっけ)に取られている岦斎に、貴族たちは弾(はず)みがついたらしくどんどん饒舌(じょうぜつ)になっていく。

「護符は実によくきくし、忠行が大層可愛(かわい)がっているという話もある。しかし、何しろ得体が知れん」

「まさか、人の姿を打ち捨てて、異形であるという母の許(もと)に旅立った、などと言うことはあるまいな」

「ありえるのではないか？　真実人と化生との子であるならば」

「……お話の邪魔をしてしまって申し訳ありませんでした。私はこれで」

聞いているうちにむかむかしてきた岦斎は、適当なところで切り上げるとその場を離れた。

背後から呼び止める声が聞こえた気がしたが、空耳だと思うことにした。実際仕事があるので、長々と立ち話をしていたら叱られる。

岦斎も晴明同様まだ陰陽生にもなっていない。

まずは陰陽生を目指さなければならないのだ。

だかだかと歩きながら、岦斎はどうにも苛ついて仕方がなかった。

「…うー、むかむかする…」

据わった目で唸る岦斎に、背後から誰かが手をのばす。

ぽんと肩を叩かれて反射的に振り返った岦斎は、見知った顔に慌てた。

「師匠」

先ほども話にのぼった賀茂忠行である。

初老に差しかかった師は、訝るような視線を投げてきた。

「どうした岦斎、随分物騒な顔をしておったぞ」

「は、はぁ…」

ばつの悪い様子でうなじの辺りに手を当てる岦斎に、忠行は何かを思い出した風情で顔を曇らせた。

「そうだ、岦斎。お前、最近晴明の顔を見たか？」

「え？　いえ……」

賀茂祭の翌日から、ばたばたしていて安倍邸に足を向けていない。

橘氏の姫のことも気がかりだったので、一区切りついたら訪ねてみようと思っていたのだ。

岦斎の返答に、忠行は険しい表情になった。

「そうか…」

「師匠？　晴明が、何か？」

忠行は、辺りに誰もいないことを確かめたのちに、見晴らしのよい渡殿に移動した。

ここならば、声をひそめてさえいれば、話し声は風に流されてしまってどこにも届かない。

「師匠？」

怪訝そうな岦斎に、忠行はひどく険のある顔を向けた。

「実は、昨夜晴明が、我が家に訪ねてきた」

自室で書き物をしていた忠行の許に、ひらりと白い蝶が舞い降りてきた。

ひらひらと飛んでいた蝶は、やがて燈台の炎に自ら飛び込んで燃え上がり、焼失した。

唖然としていた忠行は、はたと気づいて立ち上がった。

ほぼ同時に、家人から晴明の来訪を知らされたのである。

「はぁ…蝶が…」

なんというか、風流といえば聞こえはいいが、実に気障な真似を。

思わず半眼になる岦斎である。

賀茂祭から早七日が経とうとしていた。

「そうだ、師匠。晴明の奴、まったく出仕してこないのはまずいんじゃありませんか。いくらなんでも勤務態度に問題がありすぎるのは……」

「ああ、長の物忌ということになっているから、それは問題ない」

「なっている、て…師匠……」

それは、あまりにも欠勤している晴明のことを憂慮した忠行が、捏造したのではあるまいか。何しろ忠行は現在陰陽道の大家として他の追随を許さない存在だ。帝の覚えもめでたく、第一線は退いたもののまだまだ現役なのである。

言葉を失う岦斎を意にも介さず、忠行は腕を組みながらつづけた。

「昨夜突然やってきたかと思うと、あの大たわけ、なんと言い出したと思う」

岦斎は困惑して首を傾けた。

「なんと、言ったんですか?」

嘆息まじりの老人が、ひどく不機嫌そうに唸る。

「十二神将召喚の秘術を、教授してほしいと」

一瞬、何を言われたのかわからなかった。

「……は?」

岦斎の知っている十二神将といえば、六壬式盤に記された神のことだ。神はすべて実在している。技量と実力が具わった者ならば、いかな神でも召喚もしくは降臨させることは可能だろう。

高天原の神を降臨させる術というのは、何度か行った記憶がある。もっとも、岦斎や晴明は儀式に参列して見守っていただけで、実際に祭儀を行ったのは陰陽頭や神祇官だったのだが。

見たことはあるが、自分で呼んだことはない。それに、どんな術でもまず容易なところからはじめて、段階を踏んで難解なものに挑戦していくものだ。

都を守護する四神や名を持たない地の神だったらまだしも、名前と五行大義に記された性状以外わからない十二神将は、さすがに難易度が高すぎる。

そもそも十二神将は、元々この国の神ではない。大陸から伝わってきた五行と道教を背景にした存在なのである。

神なのだから実在はしているだろうが、そこに直接働きかけた者など、未だかつて陰陽寮には存在していないはずだった。否、陰陽寮だけではない、在野の陰陽法師や播磨の陰陽師たちも、試したことなどないのではあるまいか。

忠行は難しい顔をしていた。

「なぜ十二神将召喚の秘術が必要なのか、いくら問いただしても答えんのだ。答えないなら教えることはできんと突っぱねると、黙って帰っていった」

忠行は別に意地悪で教えなかったわけではない。

伝承によれば、十二神将の力は絶大だという。それこそ、人間が御すことなど不可能だと思えるほどに。

それを、全員召喚し、一度に使役に下すことが目的だというのだ。

岦斎ははっとした。なぜ晴明がそこまで思いつめているのか、思い当たる節があった。

「まさか…」

「岦斎、お前何か知っているのか」

顔色の変わった岦斎に気づき、老人は追及してくる。

晴明が言わなかったものを、果たして自分が言ってしまっていいのだろうか。

話してよいものやら少し迷ったが、いまのめぐり合わせで話が出たのだから必要なのだろうと考えて、重い口を開いた。

「実は……」

ことのあらましを聞いた忠行は、さっと色を失った。

「そんなばけものが出たという報は、寮には届いていないぞ」

岦斎は後ろ頭に手を当てた。

「あー…。橘の翁から、孫娘のためにもくれぐれも他言は無用にと泣きつかれまして……」

暴走牛車の話は広まっているが、牛の背に乗っていたものは徒人には見えていなかった。

大内裏では、賀茂祭の最中に橘氏の牛車が暴走したが、偶然居合わせた陰陽師が術で軛を切り離して事なきを得た、ということになっている。その陰陽師が誰なのか、それは様々な説が出ているようだが、中には真実をついているものもあるのだった。確認してくる者もいるが、岦斎は晴明がそういった噂の渦中に己れが立つことを嫌うのを知っているので、適当にはぐらかしている。

「それで、姫をつけ狙うばけものというのは？」

岦斎はううんと唸った。

「凄まじい鬼気だったのは覚えてるんですが……、黒い影に包まれていて、よく見えませんでした」

「妖や化生の類ではないのか？　正体が摑めれば、十二神将に頼らなくともなんとかなるだろう」

「師匠、だったら俺たちの代わりに橘の姫を助けてあげてくださいよ。あれは俺にも晴明にも太刀打ちできないようなばけものです」

　すると、老人は偉そうに言った。

「晴明に無理なものがわしにどうにかできると思うな」

　あまりにも強い口調で断言されてしまったので、岦斎はそれをつい聞き流しかけた。

「……はい？」

　胡乱げに聞き返すと、忠行は至極真面目な顔で淡々と繰り返す。

「あれに無理だったらわしにも太刀打ちできん。保憲にもだ」

　保憲というのは、忠行の実子で晴明や岦斎の兄弟子にあたる青年だ。

　岦斎は師匠の面持ちをまじまじと見た。しわの増えた老人の顔は確かにその齢を表しているが、最盛期にくらべて実力がそれほどに衰えたとは、どうしても思えない。

　岦斎の表情からそれを読んだのか、忠行はひとつため息をついた。

「天賦の才というものがあってな。晴明のそれは桁が違う。あれはそれを幼少の頃からひどく嫌っていたが、持っているものを否定することはできんし、消し去ることもできん」

そしてそれは、晴明の出自に由来する。だから、まったき人間がどれほど追い求めようと、あれと同等の力を得ることは不可能に近い。

皮肉なものだ。晴明がもっとも嫌っている己れの力は、立場の違うものからすれば焦がれてやまないものなのである。

岦斎にも羨望はあるが、それは嫉妬と紙一重のものだと、彼自身も自覚はしている。人間の感情は、ほんの少し刺激を受けただけで善にも悪にも傾くのだ。

晴明の人間性を知っているから、嫉妬せずに済んでいる。だが、こうやって本人がいないところでその才覚を他者から聞かされると、自分が力不足の気がして少々落ち込む。

「……勘違いをするなよ、岦斎」

弟子の瞳の奥に複雑な感情の色を読んだ忠行は、諫めるように言葉を継いだ。

「晴明には晴明の、お前にはお前の才能というものがある。それは、ほかの誰にも持ち得ないものだ。わしはそれぞれの才能をもっともよい形でのばしてやりたいと思っておる。焦るなよ」

「焦りますよ」

即答して、岦斎は嘆息した。

「対等でいたいじゃないですか。あいつは別に人を見下したりしないから、それはいいんですけどね。でも、対等でいたい。俺の矜持がそう思わせるんです」

岦斎の目は真剣だ。そして忠行は、彼がなぜそこまで思いつめるのか、その理由を知っていた。

弟子の肩を叩いて、諭す。

「……予言は、絶対ではないと、わしは思っておる」

岦斎の肩が震えた。

かすかにうつむいた面差しに、翳が宿る。

「……天命とか、運命とか、宿命とか。そんなもの大嫌いですよ、俺は。そんな不確かなものを打ち壊したくて、都に出てきたんです」

忠行は何度も頷いた。

「ああ…。そうだった。そうだったな、岦斎」

一度沈鬱に目を閉じた岦斎は、再び瞼をあげたとき、いつもの彼に戻っていた。

「さて、仕事をさっさと済ませて、今日は晴明のところに顔を出してみます。なんだかいやーな予感がするんで」

「そうしてやってくれ。……すまんな、岦斎」

岦斎は瞬きをして、苦笑しながら首を振った。

定刻どおりに退出した岦斎は、まっすぐ安倍邸に向かった。

あと数条で安倍邸というところまで来て、彼ははたと気がついた。

「しまった、今日は何の肴もない。手ぶらじゃ入れてもらえないかもしれんぞ」

何か見繕ってから出直すべきだろうか。

本気で悩んでいた岦斎は、自分の直感のどこかに何かが触った気がしてひやりとした感覚を味わった。

粟立ったうなじに手を当てて、苦いものを飲み下したような顔をする。

「……うん？」

一瞬、あのばけものかと思った。だが、注意して辺りを見渡しても、それらしい気配は感じられない。

立ち止まって気を凝らしていた岦斎は、再び同じものを感じ取った。

背筋に駆け下りるひやりとした感覚。焦燥感が湧き上がって、胸の奥が疾走しはじめる。

ふいに、耳鳴りがした。きんと響く音が耳の奥を満たす。

不協和音を聞いたようで、心がざわつく。

岦斎は忌々しげに顔を歪めて頭を振った。耳を押さえて視線を走らせる。

「なんだ……」

安倍邸はすぐそこだというのに、何かが足を止めるのだ。

振り払うようにしてぶんぶん腕を回し、小走りに安倍邸を目指す。

住人がひとりしかいない安倍邸はとても静かだ。敷地は驚くほど広いのだが、東北に森があって、そこは入らずの森だと以前聞いた。

視界のすみに一条戻橋が映る。堀川の水は滔々と流れて、せせらぎの音が心地いい。

普段はそう感じるのだが、今日は違った。

耳鳴りがやまない。水の音を掻き消して、岦斎を責めたてているような錯覚を生じさせる。

「なんなんだ、これは」

舌打ちしながら吐き捨てて、安倍邸の門に手を触れたとき、手のひらに衝撃が伝わってきた。

ばちっと音がして、手が弾かれる。

「うわっ!?」

軽く吹っ飛ばされて、岦斎は尻餅をついた。

「ってて…」

顔をしかめて立ち上がり、わけもわからずに辺りを見回す。

違和感がある。

気づいた。

「……音が、ない」

静かなのではなく、一切の音が消えているのである。

はっと目を見開き、岦斎は門に手をかけた。

再び衝撃が襲ってくるが、それをものともせずに押し開く。

力ずくで門を通り抜け、敷地に足を踏み入れた瞬間、轟音が生じて地が振動した。

地面が揺れる。均衡を崩してよろめきながら、近くの籬の枝を摑んで何とか持ち堪えた。

「晴明⁉」

音がしなかったのではない。安倍邸の敷地が結界で覆われて、中の音も何もかもが遮断されていたのだ。

岦斎が感じたのは、霊圧の差によって生じる摩擦の影響。霊力の強い者には、それが顕著に表れるということだろう。

絶え間なく生じる轟音が激しさを増していく。

岦斎は音のするほうに向かった。

安倍邸の北側。雑舎と森の狭間に、巨大な魔法陣が描かれている。

岦斎は目を剝いた。

「晴明！」

色を失った岦斎の視線の先では、魔法陣の中央に倒れている晴明の姿があった。

まとっている狩衣はいたるところが裂けて見るも無残だ。髷をといて首の後ろで括っているのが珍しかった。

「せい…」

「来るな…！」

駆け寄ろうとした岦斎の耳朶に、鋭利な声が突き刺さる。

地に足が縫いとめられた。

立ち止まった岦斎の見ている前で、晴明がのろのろと起きあがる。

片膝を立てて身を起こした彼は、おもむろに振り返った。

血走った目に射貫かれて、岦斎は呑まれたように動けなくなった。

「せい、めい…」

「何をしにきた」

地を這うような、尋問だった。岦斎は固唾を呑んで、できるだけ自然な口調で答える。

「師匠から、お前が昨夜訪ねてきたと聞いたんだ」

晴明は苛立ったように舌打ちをした。

「余計なことを…」

その言い草に、岦斎はむっとした。

「なんだ、その物言いは。師匠は心配していたんだぞ。勿論俺もだが」

「心配してくれと頼んだ覚えはない」

すげなく切り捨てて、晴明はよろめきながら立ち上がった。

「さっさと帰れ。お前の相手をしている余裕はない」

「………」

口を開きかけたが、何も言い返せなかった。

晴明の背が、全霊で拒絶の意を伝えてくる。余裕がないというのは本心なのだろう。

何度か何かを言いかけて、そのたびに口を閉ざした岦斎は、踵を返してとぼとぼとその場から離れた。

遠退いていく気配を感じながら、晴明は呼吸を整えた。

よりによって、一番見られたくない場面を見られたくない相手に見られてしまった。

自分のできる範囲で最強の結界を張ったというのに、それを越えてくるとは。

岦斎は、己れを過小評価している。

内包している力は、岦斎とて晴明同様に桁違いだ。でなければ、師の忠行が岦斎をここに向かわせるわけがない。

激しく息を継ぎながら、晴明は印を結んだ。

十二神将を召喚するには、極限まで高められた霊力と、何にも揺るがない意志が必要だ。

大陸で定められた神とはいえ、神の坐すこの国で召喚するならば、高天原の神を降臨させる術が流用できるはず。

十二神将の名はわかっている。その名に術をかけ、形代を作り出す。そこに神将の魂を依らせれば、形だけでもこの人界に神将が存在していることになる。

本物ではなくても、そこに十二神将が存在すれば、真実の神将がそこに引き寄せられるはずだ。

晴明はいま、心をからにしている。彼が作り出す形代は、神将の本来の姿を取るだろう。

彼の知らない、誰も知らない、見たことのない、十二神将の姿。

そもそも、十二神将とは一体なんなのか。それがわからなければ、神将を召喚することなど不可能なのではないのか。

そんな疑念が絶えず晴明を襲う。そのたびに術は失敗し、跳ね返った霊力の衝撃で吹き飛ばされ、打ち倒された。

疑いが大きければ大きいほど、反動が激しくなるのだ。

何度失敗したかわからない。

そのたびに、どうしてこんな思いをしてまで、十二神将召喚にこだわっているのか、それすら曖昧になっていく。

十二神将を召喚して、自分は何がしたいのだろう。

「………っ…！」

衝撃で吹き飛ばされた晴明は、ついに力尽きてそのまま目を閉じた。

とっくに日は暮れており、闇が辺りを覆っている。

描かれた魔法陣も度重なる失敗で原形をとどめておらず、いびつになっていた。

晴明が意識を失うと同時に、安倍邸を囲んでいた結界が消失する。

それまでなりをひそめていた虫たちが、静寂が訪れたことを感じて、ようやく鳴きだした。

夏に入ったとはいえ、肌寒い夜もある。このまま外にいれば、体調を崩してしまうだろう。

安倍邸を囲む結界が消えたことに気づいた雑鬼(ざっき)たちが、そろそろと入ってきた。

「……あっ、晴明！」

倒れ伏(ふ)したままの晴明を見つけた雑鬼たちが、わらわらと集まってくる。

ちょいちょいとつついてみても、満身創痍(まんしんそうい)の晴明は瞼(まぶた)を震(ふる)わせることすらしない。

全身泥(どろ)だらけで、衣(ころも)もずたずたで。

こんな晴明は初めて見た。

雑鬼たちが力をあわせて晴明を持ち上げ、衣の裾(すそ)や髪(かみ)を引きずりながら邸(やしき)まで運んでいく。

晴明をえっほえっほと運ぶ雑鬼たちが全員邸の中に姿を消すと、新たな白い影(かげ)がひらりと舞(ま)い降りた。

姫御前(ひめごぜん)である。

庭に描かれた魔法陣の成れの果てを眺(なが)めていた化生(けしょう)の女は、ついと目を細めた。

『……』

姫御前は身を翻(ひるがえ)し、ひらりと空に舞い上がると、そのまま闇にとけた。

安倍邸をあとにした岦斎は、その足で橘邸に向かった。

あの晴明にあそこまでさせる姫とはどういう女人なのかを、己れの目で見てみたくなったのだ。

翁と媼は、晴明の知人で陰陽師だという岦斎の来訪をそれはもう手放しで喜び、彼を奥へと招いた。

岦斎は、大歓迎を受けた時点で己れの失態に気づいていた。

「まずい、まずいぞ。ばけものを退治てもらえると思われている。非常にまずいだろう、この状況」

岦斎には、あのばけものを調伏できるだけの力はない。期待が大きくなりすぎないうちに、真実を話すことが賢明だ。自分は別件で訪れたのだと。

それが最善だとわかっているのに、しかし岦斎は翁たちに何も言えなかった。

ぼろぼろになった晴明の姿が、脳裏にちらついて仕方がない。晴明はいま必死で抗っている。

あの晴明が。何にも興味を持たず、人生そのものに飽いているようだった晴明が。

ふと、几帳が動いた。視線をめぐらせると、過日救った姫が端座していた。

岦斎は狼狽した。仮にも貴族の姫が、一応成人男子である自分に姿をさらしていいのか。

ばけものに狙われているという話だが、彼女の面持ちにはそれに対する恐れも悲嘆も、見出せなかった。まるで水面のように静かで、感情の波がまったくない。静か過ぎることが、逆に岦斎に奇妙な不審を抱かせた。

黙然と岦斎を見つめた彼女がついと頭を下げた。慌ててそれに倣う。

「今宵は、どのような御用でこちらに……？」

か細い声だ。諦めてしまった者特有の、希薄な印象。

彼女の白い面差しに、死相が浮かんでいる。

ふいに、岦斎の背筋にひやりとしたものが伝い落ちた。

ざわざわと肌が粟立つ。見張られているかのような、そんな気がした。

「その……、安倍晴明が…」

つい口にした名前に、姫の目が見開かれた。瞳に僅かな生気が戻る。

「あの方が…？」

岦斎は目をしばたたかせた。なんだろう、何かが引っかかった。

不躾なのも忘れて、姫をまじまじと見つめる。

年の頃は十代半ばだ。可憐と形容するのが一番相応しい気がする。

「……あなたを助けようと、必死になっています」

岦斎の言葉に、姫は息を呑んで口元を押さえた。

「いいえ、いいえ。それはいけません。どうかもう、私のことは捨て置いてくださるようにお伝えください…」

「しかし、晴明は…。あの晴明が必死になるなんて、天地がひっくり返ってもないはずだったんです、それを…」

姫が両手で顔を覆ってしまう。

「いけません、いけません。私にかかわれば、あの恐ろしいばけものに殺されてしまいます。あの方もそうでした」

「あの方？」

姫は震えた声で言い募る。

「……私を妻にと乞われた、あの公達です。気晴らしに葵祭に出かけられてはどうかと勧められて。……それが、あのようなことに……」

賀茂祭の騒動を思い起こし、岦斎の顔が強張る。

「その夜のうちに、あの方は突然亡くなられました。……亡骸は、見るも無残であったと、聞きました……」

原形をとどめていないほどに、ずたずたにされていたという。

姫はゆるゆると岦斎を見た。泣いているかと思ったが、その目に涙は見えなかった。

ただ、先ほど宿ったかすかな光が、消えていた。

「おわかりでしょう……。私にかかわれば、あのばけものが黙ってはいないのです」

そうして彼女は、悄然とうなだれた。その身を、暗い影のようなものが覆っているような気がした。

「……もう、いいのです。これが私の天命なのです。ですからどうかあの方に、私のために、これ以上何もしないでくださいと、お伝えください。お恨みするようなことは決してございませんから」

ふと、姫は瞼を震わせて言い添えた。

「それと、お会いできて嬉しゅうございました、と……」

そのとき姫は、初めて仄かに笑みを作った。うつむいた面差しは髪に上半分を隠されて、口元しか見えない。それがかえって痛々しく、胸をつかれる思いがした。

彼女の気持ちはよくわかった。

だが岦斎は、猛烈に腹が立った。

天命とか宿命とか、そういったものゆえの諦観は、岦斎が一番嫌いな部類だ。

「……晴明が、あれだけ必死になっている。だったら、あんただって、少しは足掻いてみようとは思わないのか」

語気が無意識に荒くなった。

姫ははっと顔をあげた。岦斎は止まらずにまくし立てる。

「いいか、あの人間嫌いではなから人生を捨ててるような男が、あんたのためにばかみたいに必死になってぼろぼろになってるんだ、それを…」

ふいに言い差して、岦斎は首を傾げた。妙な匂いがする。まとわりつくような、奇妙に甘い香りが、かすかだが漂っている。

視線を彷徨わせた岦斎は、姫の傍らに置かれた香炉に目を留めた。

「それは…？」

岦斎の指先を追った姫は、香炉をそっと手に取る。

「これは……亡くなられたあの方からいただいたものです。魔除けの香だから、常に薫きしめているようにと……」

香は破邪退魔の力を持っている。だからそれは理にかなっている。なのだが、岦斎の直感が警鐘を鳴らした。

断ってから香炉を開けた岦斎は、中のものを見て胡乱な表情になった。

「これは……」

姫が怯えたように身をすくませる。

「あの…何か…？」

首を振って、岦斎は香炉を持ったまま立ち上がった。

「あの…」

「亡くなった方からいただいたものというのは、持ちつづけるべきではないと思う。供養してしかるべき所に納めるのが最良だ」

否やを言わせぬ口調で断言し、代わりに衣の合わせから護符を取り出した。

「これは、安倍晴明特製の魔除符。へたな呪具よりよほど効果があると、ひっそり評判なんだ」

「あの方の……」

受け取った護符を見下ろして、姫は何かを思いつめた様子で唇を噛む。

「絶対に大丈夫だ。あんたは晴明が必ず助ける。あいつの親友たるこの俺が保証する！」

きっぱりと言い切った岦斎に、姫はぎこちなく微笑む。つられた岦斎も笑顔になる。

「そうそう、申し遅れた。俺は榎岦斎。今度絶対晴明を連れてくるから、次に会ったときは、あいつにもその顔を見せてやってくれよ」

「次、に……」

姫は瞼を震わせた。

次が、果たしてあるのだろうか。自分に、それを望む資格があるのか。

たくさんの人を傷つけて、巻き込んでしまっている。祭の日、牛車の中でこれですべてが終わるのだと、諦めと同時に少しだけ安堵した。もう誰も自分のために苦しまずにすむのだと。

その刹那、目が合った。そう思ったのはおそらく自分だけだろう。そして、瞬きひとつのあいだに心が救いを求めていた。ずっと、そんな衝動は消えていたのに。

「…………」

しばしの逡巡ののち、彼女は静かに頷いた。

橘邸を辞した岦斎は、手にした香炉を睨んだ。

香炉自体は、よく見かける何の変哲もない鉄製のものだ。問題は、使われている香だった。

妙に、甘ったるいというか、まとわりつくような、嫌な香。破邪の香とはまったく種類が違う。いままで彼がかいだことのない変わった香。おそらく、都中探しても、これと同じものを持っている者はいないのではないだろうか。

岦斎の直感は、これを危険だと判断した。

あの姫を狙うばけものに殺されたという公達。この香を贈ったというその公達は、一体何者なのだろう。

彼女にまとわりついていたものも気にかかる。香と一緒に、生命力を希薄にしているものがあった。

「晴明も、当然気づいてるだろうが…」

闇の中で目を開けた晴明は、傍らに白い影が端座していることに気がついた。

気分が一気に悪くなる。

「……なんだ」

姫御前は袂を口に当てて小さく笑った。鈴を転がすような声だ。

『ここまで嫌われると、いっそ爽快というものよ』

殺気めいた眼光で姫御前を睥睨する。昨夜は結局何も聞き出せないままだったのだ。

思わせぶりなことを言って、最初から晴明を翻弄するだけのつもりだったのだろう。

「さっさと出て行け。私は…」

肘に力を入れて身を起こそうとする晴明の喉許に、姫御前の扇が当てられた。

『……何度試してみたところで、神はここには降りはせぬ』

「なに？」

険を帯びた晴明の眼差しが、姫御前に注がれる。

艶やかに微笑んで、姫御前はついと視線を滑らせた。

『仮にも神の座にあるものが、かような地に降り立つと思うのか？』

音もなく立ち上がり、化生の女は身を翻した。

『神を呼ぶなら、穢れなき場を選ぶくらいの心遣いは、ほしいものよのぅ』

そのまま女は闇にとけた。

晴明は、誰もいなくなった暗闇を見つめた。

「……穢れなき…場…？」

そうして、気づく。彼女の見ていた方角。

はっと息を呑んだ晴明は、慌てて立ち上がり、新しい狩衣をまとって邸を飛び出した。

◇　◇　◇

都の北方守護たる霊峰貴船の神域は、悪しきものの侵入を一切許さない。

夜通し駆けた晴明は、夜明け間近にようやくここにたどり着いた。

山間の平地に、十二芒星の魔法陣を描く。霊力も体力ももう限界で、これでだめなら、万事休すだった。

魔法陣の中心に立ち、結印して目を閉じる。

呼吸を整えて、心を研ぎ澄ます。

「……三天太上大道君伊邪那岐大神、青真小童君少彦名大神……」

見たことのない十二神将を想う。

「我に秘事を授け、十二神将を駆使せしむ……！」

必死で調べた。十二神将を召喚する呪文そのものは、どこにも見出せなかった。だが、十二神将は人の想いの具現だという。ならば。

晴明の想いが真実であるならば、あるいは。

「吉凶の神将、我が使令と為る――――！」

術が完成した瞬間、閃光が炸裂する。

「……っ！」

思わず目を閉じた晴明の耳に重々しい声が響いた。

「――我、十二神将を統べる者なり」

それを聞いた刹那、まるで落雷にも似た衝撃が、晴明を貫いた。

三

◇　◇　◇

軽やかな音を立てて、盤が回る。

占を行うわけでもなく、戯れに盤を回していた岦斎が、腕組みをして首をひねった。

「なぁ、晴明」

盤の前に胡坐を組んだ姿勢で、肩越しに振り返る。

文机に向かって筆を動かしていた青年は、無反応だ。

「おい、晴明」

再び呼びかけたが、返事はない。

聞こえていないのではない。半丈程度しか離れていない静かな部屋の中では、料紙をめくる音はおろか、墨をする音すら聞こえるのである。

「晴明。おーい、晴明。返事くらいしてくれたっていいじゃないか。まったく返事がないのは悲しいものがあるぞ、晴明やーい」

口元に手を添えてめげることなく呼びかける岦斎に、それまで黙々と作業していた晴明は、音を立てて筆を置きながら低く唸った。

「……邪魔をするなら、出て行け」

岦斎は破顔した。

「おお、ちゃんと聞こえていたか。良かった良かった。たったいまふと思いついたんだがな」

晴明の語気に含まれている怒りの響きなど意にも介さず、岦斎は嬉々として続ける。

「聞こえていなかったのか。私は、邪魔をするなら出て行けと言ったんだが」

おもむろに振り返った晴明の手元にある料紙は、とある有力貴族から依頼されて作成中の護符だ。

飽きてしまった女性と後腐れなく別れられる符を作ってほしいということだった。

そんなものを作らなくとも、通うことをやめればいいだけの話ではないかと晴明は思ったが、心変わりをなじられて憎まれるようにはなりたくないのだという。

随分勝手な話だ。一時の情で通い詰め、心が移ろったから離れる。

すべて男の側の都合で、もてあそばれる女の心は度外視されている。

もっとも、そんなことをいくら考えても、何がどうなるわけではないのだが。

「晴明、眉間のしわがいつもより深いぞ。険しい顔になっている。ほら、このあたりにしわが。のばさないとあとになりそうだ」

自分の眉間を示す岦斎を睨み、晴明は剣呑に言い渡した。

「お前がいると気が散る。帰れ」

「むむ、違うぞ晴明、それは勘違いというものだ」

「勘違い、だと？」

表情の険がさらに深まった晴明に、岦斎はしかつめらしく頷いた。

「いいか、気が散っているのではなくて、気分転換になっているんだ。人間、集中しすぎると体が強張るし気力も消耗するからな。適度な休憩が必要だ。そしていまがまさにそうだということだ」

自信満々に言い切られて、晴明は沈黙した。

どうしよう、いまものすごく、目の前でけろっと笑っている男に殺意を覚えた。いまだったら呪殺の法を取り行ってもいい。瞬殺できる自信がある。実行したあとで死骸の始末という新たな問題が浮上してくるが、それはそのとき考えるべきことだ。いまはまず、こいつをどうにかすることこそが先決。

表情を消して黙考している晴明が、そんな物騒な思いつきに心を動かされかけてい

ると は露知らず、岦斎は目を輝かせながら言った。

「それで、思ったんだがな。式盤に書かれている十二神将というのは、果たしてどんなものなんだろうか」

何を言い出すのかと胡乱げに聞いていた晴明は、さすがに虚をつかれた。

「は……？」

十二神将。

それは、陰陽道を志すものならば、誰もが目にしたことのある存在だ。

必読書である五行大義に記されているし、占具である六壬式盤にもその名は刻まれている。

神とその名についているのだから神なのだろうが、ではどんな存在か。

そんなことは、考えもしなかった。

晴明は、目をすがめて嘆息した。

「それを知って、どうする。そもそも実在しているかどうかすらも怪しいというのに」

うんざりした様子の晴明に、岦斎は目を剝いた。

「何を言う！　八百万の神がおわしますこの国だ、十二神将だって存在しているに決まっている」

「仮にもし存在しているとして、それがどうした」

すげなく返す晴明に、岦斎はすねたような顔になった。

「夢がないなぁ、晴明。そんなことでは、十二神将の主になったときに、ものすごく悲しまれるぞ」

「…………は？」

ますます胡乱げになる晴明である。

なんだ、その夢物語を通り越した荒唐無稽な発想は。

もはや言葉のない晴明に、岦斎は人差し指を立てて見せた。

「考えてもみろ。陰陽道を志すものがみな、いつかは成したい目標。それは、誰にも従ったことのない強大な存在を式に下すことじゃないか」

「誰がいつそんなことを言った。聞いたこともない」

相手をすることをやめて、晴明は文机に向き直った。

早く符を書き上げて、こいつを追い出して休もう。

そう心に決める。

「それでだ晴明、十二神将というのは、どんな姿なのか、気にならないか。俺はものすごく気になるんだ。何しろ大陸から渡ってきた存在だ、俺たちの常識が通用しないかもしれないぞ。たとえばだ、動物の姿かもしれない。四神と同じ名を持つものたちがいるからな」

　いやしかし、それで考えると、太陰は月の異称であるし、天空はそのまま天空になってしまう。

「となると、騰蛇は蛇なのかなぁ。それだと、青龍より弱いのか。蛇は龍の眷族だというし」

　真剣に思案している岦斎の声を聞きながら、晴明は胸中で吐き捨てた。

　知るか、そんなこと。

「なぁ晴明、どう思う？　なぁなぁせーめー」

「……やかましい」

　地の底から響いてくるような唸り声を上げて、晴明は岦斎に据わった目を向けた。

「この先の長いか短いかわからない人生の中で、私が十二神将とかかわることなどありえない。だから興味もわかないし全然まったくこれっぽっちも気にならない。わかったか。わかったら、とっとと帰れ、鬱陶しい！」

　怒鳴られた岦斎は、目をしばたたかせてから、首をひねった。

「……そうか？」

「そうだ！」

　岦斎の瞳が透明になる。そうして彼は、いやに静かに、何かを見ているような顔で、繰り返した。

「そうか？　本当に、そうかなぁ…？」

時として、陰陽師には未来が見えることがある。

それは、必ずしも決まったものではなく、たくさんの可能性の中のひとつに過ぎない。

それでも、その未来は確かに存在していて、陰陽師に見えるということは、それが選択される確率が高いということでもあるのだ。

そして、陰陽師は。

自分自身の未来だけは、決して読むことができないのである――。

◇　◇　◇

体が動かない。いままで感じたことのない気配に、萎縮してしまっているのだ。

晴明は、のろのろと瞼を開いた。

「…………」

十二神将が存在しているなら、どんな姿をしているか。

それは、動物のようであるのかもしれない。

あるいは、木や岩といった、自然界の物質のようであるのかもしれない。

大陸から伝わった天魔のようであるかもしれないし、もしかしたら鬼や妖のような異形であるかもしれない。

そんなふうに考えて、想像したこともなくはなかった。

だが、どれほど想像したとしても、それは自分の想像力の範疇に留まる。だからおそらく、そのどれにも当てはまらないだろう。

そのように結論づけていた。

晴明の予想は、そういう意味では的中していたことになる。

「我、十二神将を統べる者。その任を担う者よ」

厳かにそう告げた存在は、鬼にも異形にも見えない。

その容貌に一番近いのは、人間のそれだった。

瞬きをして、晴明はゆっくりと息を吸い込んだ。

いま、己れの目が見ているものが、幻影ではないことを確かめる。

十二芒星を描いた魔法陣の中心に立つ晴明の前には、ひとりの老人が浮いていた。真っ白な長い髪を頭頂で結い上げている。豊かな白髭を蓄えて、口元はよく見えない。深いしわの刻まれた面差しは、晴明がこれまで遭遇した誰よりも年長に見えた。節くれだった手は、杖を握っている。まとっている衣装は見慣れぬ様相で、大陸のそれに似通っている気がした。

老人の顔はまっすぐ晴明に向けられていたが、その瞼は閉じられているのだった。

言葉のない晴明に、老人は厳かに告げてきた。

「人間よ。十二神将を召喚したるは、おぬしに相違ないか」

強くはないが、威厳に満ちた重い声だった。晴明の双肩に、形容しがたい重圧がのしかかってくるようだ。

「……あ…」

答えようと口を開きかけたが、うまく音にならない。

返答のないことを訝ったのか、老人の眉間に険しさがにじんだ。

宙に浮いたままの老人の衣が、不自然になびく。老人の放つ気が、少しずつ強さを増していくのが感じられた。

晴明は拳を握り締めた。

「確かに、私が十二神将召喚の術を行った」

「何ゆえに」

間髪いれずに問いただしてくる。

晴明は腹の底に力を込めた。そうしないと、気圧されて迫力負けしてしまいそうだった。これほどに底知れないものを感じさせる存在は、初めてだ。

「召喚したのは、十二神将を私の使役と成すためだ」

少しだけ、間が空いた。

「――使役、と……？」

声音に険が混じる。老人の周りを取り巻く空気が、一気にその温度を下げた気がした。

晴明は老人をひたと見据えた。少しでも気を散じれば、その瞬間老人が消え去ってしまうのではないかと思った。

老人は、閉じた瞼を晴明に据えたまま、押し黙った。

晴明の肩が震える。無言の威圧感がさらに増していく。これが、十二神将を統べる者。十二神将中最強の存在ということか。

「十二神将を統べる者よ。召喚の法に応えて姿を現したということは、我が使役に下るを是とするということか」

精一杯の虚勢を張って、晴明は確認する。

神であれ、魔物であれ。召喚する者に相応の能力がなければ、出現すらしてくれないものなのだ。こうやって出てきたということは、こちらの意に副って式となることを承諾してくれるはず。

が。

「――……」

しばらく沈黙していた老人は、ふいに口元を歪めた。笑っている。

晴明の背に、戦慄に似たものが駆け下りた。間違いなく、自分はいま呑まれている。

宙に浮いたままの老人は、厳かに口を開いた。

「人間よ。我らは幾星霜ものときを重ねてきた。その中で、一度として誰かに膝を屈したことはなく、主と仰いだこともない」

老人の全身から立ち昇る神気が、さながら陽炎のように視えた。

「神族の末席に名を連ねる誇り高き我ら十二神将を、従わせるだけの器がおぬしにあるのか」

どこまでも静かな声音。その最奥に、晴明は確かな激情のうねりを見た。

神族の末席に連なる神将。その矜持に、晴明はいま傷をつけたのである。

それをはっきりと悟ったが、ここで引くわけにはいかない。

「その自信がなければここにはいない」

「ほう…。その言葉に、偽りはないな？」

「ない」

老人の語気はどこまでも静かで、だからこそ底知れぬ恐ろしさが孕まれているのだ。

晴明は強気の態度を崩さない。少しでも隙を見せれば、術に込めた霊力がそのまま己れに跳ね返ってくるだろう。

「何ゆえ、それほどまでに我らを使役に望むのだ」

「それは……」

答えかけて、晴明はそのまま言葉を継げなくなった。

なぜなのか。

己れの中にその答えを探す。十二神将の長たる老人が、納得できるだけの理由を。探せばいくらでも出てくるはずだ。

力がほしい。力が足りないからだ。いまのままではかなわない相手と対峙するには、伝説の十二神将を使役に下すしかないと考えたからだ。

ではなぜ、そんなにしてまで自分は、あのばけものを倒さなければと思うのだろう。

無言で葛藤している晴明の様子を、老人は黙然と窺っているようだった。瞼を閉じているのに、鋭利な視線を向けられているような気がしてならない。

やがて老人は、漸う口を開いた。

「なれば、人間よ。己れが十二神将を従わせるに値するか否か、その覚悟を示してみせよ」

晴明は、息を詰めて老人を見返した。

緊迫した空気が流れた。魔法陣の中心にいる晴明は、風の流れが変化していることにようやく気がついた。

老人の全身から放たれる神気が、魔法陣を囲むように渦を巻く。白い髪と髭が神気にあおられて大きく揺れる。

「是か、否か。返答や、いかに」

否やという選択肢は、晴明にはなかった。

「……どうすれば、いい？」

その問いに対する答えは、言葉では得られなかった。

それまで閉じられていた老人の瞼が、にわかに見開かれた。

晴明がはっと息を呑むと同時に、老人は手にしていた杖で地を打った。

驚くほど硬い音が、高く響く。

「……っ！」

晴明の視界は、突然漆黒に染められた。

激しい耳鳴りが生じ、堪えきれずに目を閉じて耳をふさぐ。

一切の音が消失し、双肩にかかっていた重圧が一層強まったと思った刹那、風がふつりとやんだ。

耳鳴りが治まる。上がった呼吸を整えながらそっと目を開けた晴明は、周囲の光景が一変していることに気がつき、愕然とした。

「ここは…？」

晴明と、十二神将の老人がいたのは、霊峰貴船の一角だったはずだ。清浄な神域でなければ神将たちが召喚に応じるはずがないと、晴明は都から夜通し駆けて貴船に入ったのである。

召喚術を行ったのは夜明け間近。じきに暁降ちを迎えようという頃だった。

いま晴明が立っているのは、砂と岩ばかりの荒野だった。遥か彼方に山影と思しきものと、その前に鬱蒼とした森が認められる。だがそれらは霧に覆われており、予想が正しいかどうかも晴明にはわからない。

「十二神将、ここはどこだ。いつの間にこんなところに……」

言い差して、晴明は目を細めた。

神の末席に名を連ねる十二神将。その長ともなれば、瞬時に晴明をいずこかに転移することなど、造作もないということか。

晴明は頭を振った。この程度でいちいち驚いていては身が持たない。ただでさえ、禊に入った体は食物をまったくとっておらず、度重なる召喚術の失敗は限界ぎりぎりまで霊力を消耗させているのだ。無駄な体力の消耗は控えなければ。

「人間。いま一度答えよ」

晴明は老人を顧みた。開かれた瞼は、晴明をまっすぐに射貫いている。偽りなど、この強い眼差しの前では容易に見抜かれてしまうに違いない。

「何ゆえ我らを使役に望むのか。そのわけを」

晴明は一度目を閉じて、ありのままを語った。

ばけものに魅入られた姫を、その魔手から救うためだ、と。

話し終えた晴明に、老人は問うた。

「――十二神将召喚の法は、相応の霊力を持つ者であってもおいそれとは扱えぬもの。ともすれば命の危険を伴う」

その通りだ。自分がいまなんとか生きていられることは、奇跡に近いだろう。

「その縁薄き姫を救うために、おぬしは命と引き換えの危険を顧みず、我らの力を得ようとしたのか。そこまでするのは、なぜだ?」

「それは……」

答えようとして、しかしやはり晴明は先ほどと同じように言葉に窮した。

しばらく視線を彷徨わせていた晴明は、苛立った様子で唇を噛む。

「……さて。強いて言うなら、あのばけものが気に入らない。それだけだ」

「ほう……？」

老人は目を細める。

十二神将を召喚し、使役となさんとした者は、これまで皆無だったわけではない。身の程知らずが幾度となく挑んできた。中にはそれなりの力を持つ者もおり、召喚に成功した事例もある。だがそれは、神将たち全員ではなく、ひとりかふたり。

数百年前に一度だけ、四神の名を冠する四名が同時に召喚されたことがあったが、使役となすのではなく、一時だけ力を借りたいというものだった。

十二神将を使役となすには、彼らを御せるだけの能力が必要なのである。

目の前にいる青年にそれだけの器があるか否か、それはこの場では量れない。人間の力は底が見えないことがある。きっかけさえあれば、限界を超えた力を発揮できる場合もあるのだ。

いまは、この青年にそれだけのものは見出せない。

しかし、老人の問いに答えられないことが、逆に興味を引いた。

これは、化けるかもしれない。

いまのままでは、いずれ己れの力に潰されるだろう。だが、仄かな光明が、この青年の内に芽生え始めている。そして彼は、そのことにまったく気がついていないのだ。

そのことが、老人の心を動かした。

杖の先端が、乾いた地表を突く。

鋭い音に晴明が目をやると、老人は薄く笑っていた。

「人間よ。十二神将を下すには、おぬしは我らの名を言霊をもって唱えなければならぬ。もし名を誤れば、主たる資格を永久に失う」

それまでずっと結跏趺坐の姿勢で宙に浮いていた老人は、音もなく地に降り立った。

直立した老人は、晴明よりも目線が高かった。

「汝が名を述べよ。そして、我が名を呼ぶがいい。成せたならば、使役に下ることを了承しよう」

「……っ」

晴明は、追い詰められた。

この老人は、己れが誰であるのか、その名を正確に当ててみせろといっているのだ。

式盤に刻まれた十二神将の名を一つ一つ思い浮かべながら、晴明は必死で考えた。

「……我が名は、安倍晴明。我が使役として、式に下れ。十二神将……」

誰だ。これは誰だ。おそらく十二神将最強。何しろ神将たちを統べる者だ。この威厳、この神気。さながら天に一つの天帝のごとく――。

「…天……」

老人の双眸がきらめく。神将たちを統べる者、その名はおそらく天一。

そう唱えようとしたのに、しかし晴明の喉は、別の言霊を発した。

「十二神将、──天空…！」

頭では、天一だと思ったのだ。なのに、なぜか口は、天空と紡いでいた。

晴明は呆然とした。誤ってはならないのに──。

「──いかにも。我は十二神将、天空」

絶望に囚われかけていた晴明は、耳を疑った。

「……え？」

それ以上言葉の継げない晴明の前で、十二神将天空は膝を折った。

「安倍晴明よ。我は汝の式となり、その意に従おう。だが、これはあくまでもわしひとりの意思に過ぎぬ」

「なに…？」

訝る晴明に、姿勢を戻した天空は厳かにつづける。

「わしは十二神将を統べる任を担っているが、支配しているわけではない。我が同胞たちがおぬしの使役に下るか否かは、それぞれの心次第」

瞠目する晴明に、天空は彼方の森影を示した。

「同胞たちは、この地のいずこかにおるだろう。それを見つけ出し、すべてを従わせることがかなえば、元いた世界に戻れよう」

「は…？」

天空は淡々としたものだ。

「それと、最後にひとつ伝えておく。わしは十二神将を統べる任を担うてはいるが、同胞たちの誰よりも力が勝っているというわけではない」

「は…？」

「心して進むがよい。我が主よ」

そう告げると、老人はそのままふっと姿を隠す。

《おぬしの心次第で、式として従うことを放棄することもあろう。おぬしがこの命と通力を預けるに足るかどうか、時をかけて見定めさせてもらうぞ》

耳の奥に直接響く声が途切れると、天空の神気は完全に消えた。

しばし唖然としていた晴明だったが、やがて低くうめいた。

「……なるほど」

神族の末席に連なる矜持は、そう容易く人間になど屈しないということか。

先ほど膝を折ったのも、あくまでも儀礼であって、完全に従ったわけではないのだ。

晴明は頭を振った。

まずはひとり。残り十一人を、捜さなければ。

霧の向こうにうっすらと浮かぶ森を目指し、疲労を訴える四肢を叱咤して、晴明は歩き出した。

霧が濃くなってきた。三尺程度までしか見通せないほどに濃く、四肢にまとわりついてくるようだ。まとった衣装はしとって、肌に張りついてくる。

体が重い。息が上がる。足がまるでおもりのようだ。

乾いた足音を立てる荒地を進みながら、晴明は努めて深く呼吸をした。

せめて水がほしい。修祓に備えた体は、固形物を受けつけなくなっている。いま許されているのは水か酒のみだ。

汗のにじむ額を拭った晴明は、ふと足を止めた。

「……水の、音…？」

小さく、せせらぎの音が聞こえる。耳を澄ました晴明は、その音の方に足を向けた。

しばらく進むと、ごつごつとした岩場に出た。大小の石が転がり、足場が悪くなる。

注意しながら歩きつづけていくと、川べりにたどり着いた。幅のある川は、霧で向こう岸が見えない。

水面を見下ろす。水は澄んでいるが、飲めるかどうかは疑わしい。

川上に向かえば、水源に行き着くはずだ。そこまで行けばあるいは。

川沿いに進もうとした晴明は、川面にそびえる岩と、その上に佇む影に気づいた。

はっと身を翻し、目を凝らす。霧の中に潜む影は、晴明の様子をじっと窺っていた。

「……十二神将？」

誰何に返答はなかった。しかし、それまで抑えられていたであろう神気が解放されたのがわかる。

霧が散じていく。

息を詰めた晴明は、視界が開けて岩影が鮮明になった瞬間、己が目を疑った。

彼は呆然と呟いた。

「……十二…神将…？」

声音に含まれた驚きを読んだのか、神将は気分を害したように眉根を寄せる。

「いかにも。我は十二神将がひとり」

晴明は、瞬きもせずに神将を見つめた。

神将の声は、その幼い風体に見合った、よく通る子どものそれだった。

漆黒の髪はくせがなく、驚くほど短い。晴明に向けられた双眸も漆黒で、異国風の見慣れぬ衣装をまとっている。上衣は袖がなく、二の腕がむき出しだ。下衣も膝まで届かないほど短い。足元ははだし。胸のところに大きな飾りがあり、それがやけに目についた。

最初は老人で、次は八歳程度にしか見えない童子。十二神将に抱いていた想像図が、音を立てて崩れていく。

「話は天空の翁より聞いている。人間、お前は、我ら十二神将を使役に望んでいるとのことだが、相違ないか」

子どもは晴明をひたと見据えてくる。その高い声音にはひどく不似合いな尊大とも取れる口調だ。

「そうだ」

応じながら晴明は思った。この問答が、あと十回繰り返されるのか。

狩衣と狩袴をまとい、首の後ろで髪を括った青年を、子どもはじろじろと見ている。あまり表情がない。

子どもは岩の上に立ち上がると、ひらりと飛び降りた。そのまま川に沈むかと思われたが、水面に降り立って、そのまま晴明を見上げる。

こうしてみると、随分小さかった。天空は晴明より背丈があったが。

「お前がどの程度の力を持っているかは、我には推し量れぬ。だが、翁が認めたのならば、とりあえずそれに倣うべきだろうと結論づけた」

「……そうか」

とりあえず、ということは、天空と同じく、ひとまずは式に下ってやる、ということだろう。

「人間よ、その名を述べよ。そして我が名を呼べ。誤ることなく」

どこまでも尊大な語気で、天空と同じ内容を口にする。

晴明は一旦目を閉じた。

だから、わかるかそんなもの、と胸中で吐き捨てる。

だが、間違うことなくその名を当てなければ、従わせることはできないのだ。

「我が名は安倍晴明。式に下れ、十二神将……」

誰だ。天空は除外。残る神将は十一。

挑むような眼差しを向けてくる子どもを見返す。漆黒の双眸と、髪――。

「……十二神将、玄武！」

晴明は腹を括った。直感に、従う。

「――――」

子どもの表情は変わらない。

しばらくそうして晴明を凝視していた神将は、やがて目を閉じるとひとつ頷いた。

「いかにも。我は十二神将、玄武。安倍晴明、我はこれよりお前の式となる」

水面に不自然な漣が立つ。玄武を中心に、幾つもの波紋が生じる。やがてそれは高く渦巻き、玄武を呑みこんだかと思うと音を立てて四散した。

飛沫が拡散する。

姿を消した玄武の声が、耳の奥に響く。

《この水は、人間が飲んでも差し障りはない。必要ならば飲むがいい》

「……親切に、どうも」

それだけを口にして、晴明は嘆息した。

これをあと十回繰り返すのだと思うと、それだけで疲労感が増す。

よもや嘘ではないだろうから、晴明は遠慮なく水を飲んだ。ついでに顔を洗って、気持ちを切り替える。

「……本当に、私は何のためにこんなところでこんなことをやっているんだ」

我ながら、不可解すぎて辟易する。

橘の翁と媼に孫娘を助けてほしいと懇願されたからか。だが、それを引き受けたわけではない。それに、とうの姫自身は、自分のために何もしてくれるなと言ったのだ。ならば、その言葉に従うべきだろう。わざわざ命を懸けるなど、酔狂以外のなにものでもない。もはやそれを通り越して愚者の所業だ。

頭ではそう理解している。なのに、どうしてもそう思い切ることができない。

何もかも諦めた面差しが、その頬を伝った涙が。ずっと頭から離れないでいる。

「……次は、どっちだ」

頭を振って、晴明は歩き出した。

霧がますます濃くなっていくようだった。

晴明はあてどもなく歩きつづける。残る神将たちがどこにいるのか皆目見当がつかないので、己れの直感にのみ従う。

陰陽師の直感は、大抵当たるものだ。

肩で息をして、辺りの様子を注意深く窺う。川沿いを上流に向かっているが、果たしてこの選択は正しいのか。

「……、神気」

ごく微量のそれを感じ取り、晴明はほっとした。まだ自分を信じられる。

そう考えて、自嘲気味に笑う。己れを信じることなど、一度もなかったはずなのに。

水の音が少しずつ大きくなっていく。せせらぎではない。これは、水が高いところから落下するときのもの。

滝があるのか。

重い足を叱咤しながら進んでいた晴明は、立ち並んだ岩の奥に落ちてくる小さな滝と、その前にふたつの人影を見つけた。

晴明は思わず立ち止まった。

もうどんな風体の者が出てきても驚かないと思っていたが、やはり自分はまだ甘かった。

一方は平らかな地面に端座し、もう一方はその傍らにたたずんでいる。

端座しているのは、少女だった。年の頃は十代半ばといったところか。見事な黄金色の髪をまるで天女のように結いあげ、異国風の裾の長い衣装をまとっている。空よりも淡い色の双眸が晴明にまっすぐ向けられている。

もう一方も、異国の官人によく似た出で立ちをしていた。晴明と同年程度に見えるのは、落ちついた雰囲気ゆえだろうか。よくよく見れば、自分より少し年下くらいに思えた。青磁の髪は短く、左目の際に銀細工の飾りをつけている。

接近していくと、青年は少女を守るように一歩前に出た。

晴明は無言の下で考えた。

十二神「将」というくらいだから、戦に優れているのだろうと思っていたが、ここに至るまで遭遇した神将四人とも、戦を得手としているようには到底思えない。まさか、神将に女性がいるとは。かなり予想外だ。

ふたりとも、険しくはないものの硬い面持ちをしていた。

先に口を開いたのは青年だった。

「天空の翁より、あなたのことは聞いています。我ら十二神将を式に下すとは、随分命知らずなことを考えますね。一歩間違えば大変なことになりますよ」

晴明は瞬きをした。

青年の口ぶりは、心の底から晴明の身を案じているようだ。天空や玄武とは、いささか毛色が違っている。

「……我々を式にと望むのは、いかなる理由なのですか？」

そう問うてきたのは、青年が背後にかばっていた少女だった。青年はそれを受けて少し横にずれる。

少女と晴明の視線が交差した。彼女の優しげで端整な相貌は、人間も異形も合わせて晴明の知るどの女たちよりも美しいものだった。青年の容姿もそうだ。神の末席というだけあって、容姿端麗なことこの上ない。

しばらくふたりを眺めていた晴明は、いささか辟易した様子で口を開いた。

「同じ質問を、天空にもされた。私のことをどうにかして天空から聞いたというなら、私が十二神将たちを使役に欲する理由も、あらかじめ全員に伝達してくれないか」

ふたりは顔を見合わせた。少し困ったように眉根を寄せている。

やがて、青年のほうが晴明を振り返った。

「では、天空の翁にそのように伝えてください」

「は？」

晴明は思わず聞き返した。正直な話、あんなことを言ってもどうせ無理だろうと考えていたのだが。

「翁は既にあなたの式に下った由。ならば、あなたが命じればそれに従うでしょう」

「我々は、翁があなたの式に下ったと聞き及び、その為人を推し量るべく、お待ち申し上げておりました」

青年と少女が交互に話す。それを聞きながら、晴明は思った。

もしかして、自分が思っていたよりも、十二神将を式に下すのは容易なのではないだろうか。

こうやっているだけでも、ふたりの神気は相当なものだ。おおよそ戦いにはそぐわない衣装は、彼らが立ち回りを演ずる必要などないような術や力を有しているからだと考えれば、納得がいく。

天空には後ほど命じるとして、目の前にいるふたりを式に下さなければならない。

「どうしても倒さなければならないばけものがいる。そのためには、十二神将の力が必要だ」

「――決して、我々の力を悪用しないと、約定を交わしていただけるのならば」

静かだがきっぱりとした口調で青年が断ずる。少女がそれに同意を示した。

晴明はそれを了承した。

「わかった。できるだけそちらの意に副うように心がけよう」

それまでずっと袖の中で腕を組んでいた青年は、それをといて晴明に向き直った。

少女は優雅な所作で立ち上がる。

改めてふたりを眺めた晴明は、少女が自分とほぼ同じ背丈であることに気がついた。

青年はそれより四寸近く大きいようだ。女性でここまで身長があるのは珍しかった。

髪や瞳の色、身にまとう衣と放っている気配。そういったひとつひとつが、彼らが人間とは似て非なる存在であるということを知らしめる。

「ならば、人間よ。汝の名を述べ、我が名を呼ぶように」

「誤ってはなりません。決して誤らずに、言霊をもって我々の名を」

この問答だけは、省略するわけにはいかぬようだ。

名前というのは、一番短い呪である。

名を呼ぶという行為は、相手に呪をかけるということなのだ。そして、神将たちにとってそれは、式に下り命に従うという契約なのかもしれない。

さて、誰だ。残りは十名。

神将というには、あまりにも穏やかなその風貌。頭で考えるより、心に任せたほうがいいと思った。天空のときも玄武のときも、それで成功している。

「我が名は安倍晴明。十二神将……」

青年と少女を交互に見つめる。

頭の奥に、ふたつの名が浮かんだ。

が、晴明は己れの思考に待ったをかけた。それで本当に合っているのか。そんなばかな。

五行大義に記された一文が甦る。理性が否を唱えている。

しかし、晴明の直感はその名が正しいのだと告げている。

逡巡は僅かの間だった。余計な時間をかけることはできない。

ええい、ままよ。

晴明は拳を握り締めた。

「十二神将…、太裳、それと……」

少女に視線を移す。本当に、この名で間違いはないのか。本当に。

「十二神将………、…天一…！」

少女が軽く目を瞠る。

名を呼んだ直後に、晴明は己れの誤りを悟った。この少女が天一であるはずがない。

五行大義によれば、天一には、后がいるのだ。ならば、天一が女性であるはずがない。

万事休す。

思わず目を閉じた晴明の耳に、厳かな声が聞こえた。

「――いかにも。我が名は、十二神将太裳」

「同じく、十二神将天一と申します」

晴明は、弾かれたように顔を上げた。

ふたりとも微笑んでいる。そうして彼らは、ついと膝を折った。

「これより、我々はあなたの命に従いましょう、安倍晴明様」

「……間違い、ないのか……？」

呆然とした問いに、ふたりはそれぞれ頷く。

無意識に目許を手のひらで覆い、晴明は天を仰いだ。

五行大義の記述は、ただの言い伝えだったのか、おい。なら、あの書一冊丸々暗記しなければならなかった苦労は一体。

目眩がしそうだ。

「……それでは、太裳、天一」

なんとか自分を立て直し、晴明はふたりに命じた。

「残りの神将に、私が十二神将を式に下したい理由を伝えておいてくれ。何度も同じやりとりをするのはもう疲れた」

「御意」

一礼して、ふたりはふっと隠形する。

天空や玄武と違い、彼らは何も言わずにその場から離れていった。

「……これで四人」

晴明は息をついた。あと、八人だ。

こうやって二、三人まとめて出てきてくれると、手間が減って楽なのだが。

天空、玄武、天一、太裳。この四名を式として従わせることができた。

ふと、四名いれば、あのばけものを倒すのに充分なのではないかという思考が湧き上がった。

ここがどこなのかは、相変わらずわからない。十二神将天空は、自分をどこに連れてきたのだろう。

天空は既に彼の式。六壬式盤に記されている神だから、式神と呼ぶべきだろう。

主として式神に命ずれば、すぐに都の安倍邸に戻ることができるのではないかと、考える。

いまが何刻頃なのかも気にかかった。

だいぶ時が経っているはずだ。ここに連れてこられたのは夜明け間近だった。それから神将たちを捜すために相当歩き回った。

夜が来る前に戻りたかった。

橘の姫は、諦めの檻に囚われて、心が半分死んでいる。年若い娘が、ばけものに狙われているのにあんなに淡々としているのは、もはやその運命に抗うだけの気力が残されていないからだと思われた。

死にたくないと嘆くことも、怖いと泣くことも、どこかに置き忘れてしまっているような、そんな印象があった。

無意識に、険しい顔になる。

殺されることを受け入れてしまえば、殺される運命以外の選択肢が消える。

彼女自身が、自分は助かるのだと思い描かなければ。ばけものから逃れる未来を摑まなければ、いくら晴明が十二神将を式に下したとしても、彼女を真実救うことは難しい。

奇妙な苛立ちを覚えて、晴明は舌打ちをした。

「……なぜここまでむきになる必要があるんだ」

彼女が、助けてほしいと、願ったわけではないのに。

ふと、暴走する牛車の車中にいた彼女と目があったときのことが脳裏をよぎった。

あのときなぜ自分は、彼女を救うために動いたのだろう。

かかわるつもりはなかった。だのに、体が何かに突き動かされたようにして、気づけば駆け出していた。

足場の悪い坂を登りながら、晴明は不機嫌そうに目を細めた。

「次の神将は、どこだ……」

なんとなく川沿いに進んでいるのだが、濃霧の中であてもなく歩きつづけるというのは、体力気力ともに凄まじい速さで消耗するものだった。

終わりの見えない道のりだ。標があるわけでもない。

考えてみると、残りの神将たちが姿を見せてくれる保証もないのである。

人間の使役になどなりたくないと突っぱねられたら、対峙するまでもなくその場で希望が断たれる。

まずは姿を見せて、一応の機会を与えてほしい。そう切に願う晴明である。

一歩ずつ足を進めるごとに肩で息をする。ここまで息を切らしたことはあまりない。

やがて晴明は足を止め、膝に両手をついて肩を上下させた。

「……おかしい」

いくら体力の限界とはいえ、ここまで体が重くなるものだろうか。呼吸するごとに疲労が蓄積されていくような気がする。まるで、刻一刻と体力が削がれていくようだ。

額ににじむ汗を袂で拭い、勢いをつけて上体を起こす。

途端にくらりと世界が揺れた。

「……っ…」

数歩よろめいて、崩れ落ちる寸前になんとか体勢を立て直す。

汗のしずくが顎まで伝い、なんとか持ちこたえた自分に驚く。

「休まないと、だめか…」

気ばかりが逸って体がついていかなくなっている。このままでは、その辺で昏倒していたずらに時を浪費することになってしまいかねない。だが。

休息をするかどうかを思いあぐねていた晴明は、濃霧の中から漂ってくる神気に気がついた。

はっと息を呑んでそちらを凝視する。濃い霧にさえぎられて、姿はまったく見えない。あるいは、最初から隠形しているのかもしれない。いままでに遭遇した神将たちが顕現していたからといって、残る八名が同じように姿をさらしているとは考えられないではないか。

「――人間、何をしにきたの」

霧の中から響いたのは、落ちつきのある女性のものだった。

次も女か。

晴明は瞬きをした。風が流れて少しずつ霧が薄まっていく。

川べりにたたずんでいたのは、菩薩のような出で立ちをした、くせのない長い銀髪の女性だった。晴明をまっすぐに見つめる双眸は静かな深い沼を思わせる翠。

先ほどの天一とは違い、袖のない衣装で腕がむき出しだ。裾の長い衣も、よく見れば足の横側が開くようになっている。

ひやりと、背筋に冷たいものが伝った。

神将の視線は硬質で冷ややかだった。これまでに遭遇した者たちとは明らかに違う。

「…天空や、天一たちにも話したが、私は十二神将を式として下すためにここにきた」

正確には連れてこられた。

神将の面持ちが、険しさを帯びた。放たれる神気が鋭くなったような気がする。

くせのない長い銀髪が、風をはらんだようにうねる。同時に、彼女の背後を流れていた川の水が、不自然に波立って躍りだした。

水を、操っているのか。

息を呑む晴明に、神将は剣呑に言い放つ。

「誇り高き十二神将を、その支配下に置きたいと望むなら」

波打つ水が、音を立てて渦巻く。幾つもの水柱が立ち昇った。

「それだけの力を持っていることを、証明して御覧なさい」

神気がひときわ強くなった。応じるように水柱が晴明めがけて蛇のようにうねった。

「な…っ！」

驚愕で、反応が遅れる。

水が眼前に迫ってくる。神将はそれを冷ややかに眺めている。

晴明は慌てて刀印を作り、横一文字に薙ぎ払った。

「禁っ！」

幾つもの水が不可視の障壁に阻まれて飛沫と化す。飛び散るしずくは再び寄り集まって、後方から晴明めがけて突進してきた。

「の…っ」

晴明は舌打ちすると、顔の前に刀印を立てた。

「――オン！」

地面に輝く五芒星が出現し、その中心に立つ晴明を光の柱が包み込む。

光に突っ込んできた水柱は、光の壁に当たるとそのまま音を立てて崩れていく。

神将は腕を掲げて水を集めると、大きく振りかぶった。

「はっ！」

それは、槍か鉾のような形をした水だった。切っ先がまっすぐに晴明を狙ってくる。

晴明は慄然とした。彼女が自分に向けている戦意は、本物だ。

これまでの四人とはわけが違う。神気の激しさ、険しさ、鋭さ。どれをとっても桁違いだ。

この神将は、証明しろと言った。

誇り高き十二神将を支配下に置けるだけの力を持っているかを。

自分よりも弱い者には、屈しないということか。

晴明は唇を噛んだ。理不尽な話だ。仮にも神の末席に連なる存在が、人間相手になんという無茶を要求するのだ。

大体、それができるくらいだったら自分の力だけであのばけものを倒している。その力がないから十二神将を式に下そうなどというばかげたことに挑戦する羽目になったのではないか。

そもそも、なぜここまで理不尽な攻撃にさらされなければならないのか。嫌だったら嫌だと言えばいいし、最初から出てこなければいいだろう。

考えているうちにだんだん腹が立ってきた。この状況は納得がいかない。

光の結界の中で、ふつふつと沸き上がってきた怒りに晴明は打ち震えた。

腹が立つ。何よりも腹が立つのは、この理不尽な状況下において、それでもすべてを投げ出して放り出して全部忘れるという、いつもだったらとっくに選んでいるはずの道を最初から除外している自分自身に対してだった。

息を吸い込み、晴明は半眼になった。

苛立ちが募る。自分の心なのに、思うようにならないことがこの上もなく腹立たしい。

「……なんで、こんなことになったんだ…っ！」

それは、神将に対してではなく、自分に対する罵りだった。

水の鉾を操っている神将は、怪訝そうに眉根を寄せる。

「どうしたの？　まさかこのまま降参なんて言わないでしょうね」

その程度の人間だというなら、これまでに従うことを了承した同胞たちを、それを覆すよう説得するつもりだった。

晴明は、彼女をぎっと睨みつけた。

「誰が、そんなことを言った…！」

そうして、胸の前で結印する。

頭の芯がくらくらと揺れている。先ほどから少しずつ鈍い痛みが生じてもいる。疲労で全身が重く、動作も緩慢になってきている。

それでも、諦めようとしていない自分に、晴明は激しく憤っていた。

その感情を、そのまま目の前の相手にぶつけて何が悪い。攻撃されたら応戦するのが世の常ではないか。

「オン、アビラウンキャン、シャラクタン……！」

五芒星がひときわ強い輝きを放つ。

神将は瞠目した。それまでとは比較にならない霊力が、晴明から迸る。

「万魔拱服！」

瞬間、閃光が生じ、霊力の爆発が起こった。

粉砕された水が音を立てる間もなく蒸発し、周囲の霧まで吹き飛ばす。

嵐のような突風が吹き荒れる中、咄嗟に神気で障壁を築いて事なきを得た神将は、目を丸くしていた。

対する晴明は、血走った目で神将を睥睨している。

これでどうだとその目が言っているように思えて、神将は眉間にしわを寄せた。

「……太裳たちから、聞いたけれど」

「なんだ」

「それだけの力を持っていても倒せないばけものというのは、なんなの？」

答えるまでに晴明は、一呼吸置いた。

「それがわかっていたら、いるかどうかもわからない神将なんぞを頼みにすると思うのか」

もはや喧嘩腰である。

彼女は不快感をあらわにしたが、口に出しては何も言わなかった。

少し考えるように口元に指を当てる。そういう仕草だけを見れば、品のある優雅さがあった。

晴明は肩で息をしながら彼女の反応を待った。そろそろ倒れこみそうなほど体が重い。

怒りに任せて術を使ったせいで、必要以上に体力気力霊力を消耗してしまった。

少しでいい、休みたい。ほんの一刻で構わないから、横になって目を閉じたい。

昨夜から寝ずに十二神将の召喚を行いつづけて、安倍邸から貴船までの道程を駆け通し。ようやく神将が出てきたと思ったら、どこぞに連れてこられて、五人目の神将は遭遇するなり攻撃してきた。

何の因果だ。今日は人生最悪の厄災日に違いない。

いくら翁媼に泣かれようと、姫本人が助かりたいと思っていないのに、なぜここまで苦労する必要があるのだ。

無関係の自分が。大して責任もない自分が。彼女が生きようがばけものに殺されようが、それは彼女の人生であって、晴明には本来まったくかかわりがないのだ。彼女の言うように、天命ならば仕方がないではないか。

晴明は確かにそう考えているのだ。

なのに、心の一番奥で、それに抗うものがある。正体のわからないそれは、嫌がる晴明を無理やりに突き動かして、大変なほう大変なほうへと誘っていくのだ。

「――人間」

据わった目を向ける晴明に、神将が凛と言い放つ。

「汝の名を述べよ。そして我が名を呼べ。誤ることは許されない」

「……」

虚をつかれて胡乱な顔をする晴明に、神将は苦笑を見せた。

「天空の翁があなたに従うことを決めたわけが、納得できたから」

「は？」

「……いずれ、わかるときがくるでしょう。さぁ、契約の言霊を」

わけがわからず訝りながら、晴明は息を吸い込んだ。

ここまで見事に水を操るのならば、彼女が何者か、該当する神将は決まっている。

「我が名は安倍晴明。我に従え、十二神将、水将天后！」

十二神将に、水将はふたり。

ひとりは、先だって式に下った童子の姿の玄武。そしてもうひとりが天后だった。

天空、天一、太裳の三名は土将。

十二神将天后は、よく通る声で厳かに宣言した。

「いかにも、私は十二神将天后。これより、安倍晴明を主とし、その任を解かれる日までその命に従いましょう」

優雅な所作で膝を折り、一礼する。

「無礼の数々、どうぞお許しを。ですが、あなたが我らの主に値するか否か、見極めなければなりませんでした」

「……天空や玄武たちは、こんな真似はしなかったが」

不機嫌な口調に、天后は苦笑した。

「天空の翁をはじめとした、あなたがこれまでに従えた四名は、戦うための力を持っておりません」

晴明は目を見開いた。

「なんだと…？」

「力は、時として凶器となるものです。あなたが正しく我々を扱える者かどうかを、残る同胞たちもまた、見定めようとするでしょう」

十二神将を得る者には、それだけの重い責任が課せられる。

言い換えれば、得ればそれは甚大な力となるのだ。

「なるほど。……あと七回、これがつづくのか…」

本気で目眩を覚えて、晴明は目許を押さえた。それを見た天后は、気遣わしげな面持ちをする。

「大丈夫ですか、晴明様」

晴明は、天后をまじまじと見やった。

「？　なんでしょうか」

首を傾ける天后に、晴明は胡乱な顔をする。

「……さっきまでと、随分態度が違うと思ってな」

「そうですね。先ほどはまだ、式に下っておりませんでしたから」

晴明はもの言いたげな顔をしたが、言葉を喉の奥に呑み込んで大きく息をついた。

「ひとつ、お伝えすることが」

「なんだ」

天后の瞳がきらりと光った。

「残る同胞たちは、みな戦うための力を持っております」

真剣みを帯びた眼差しに、晴明は息を詰める。

「私はその中において、もっとも力なき者だと、申し上げておきましょう」

今度こそ晴明は言葉を失った。

先ほどの攻撃力は、晴明がこれまでに遭遇したどの妖にも勝るほど凄まじいものだった。

全力で阻み、術を仕かけなければ、命が危うかったと思えるほどに。

無言で天后を見つめる青年の顔から、血の気が引いていく。

彼女は淡々とつづける。

「さらに、戦闘に特化した闘将たちが四名。……全員を下す必要がないのならば、最強の将を使役にと望むのは、おやめください」

「なぜだ」

主の問いに、天后は黙って頭を振る。

そうして彼女は、神気で操った水で己れを包むようにした。

「どうぞご武運を」

「待て、ひとつ答えてくれ」

隠形する寸前の天后に、晴明は問いかける。

「天空が私に従うことを決め、お前もそれに納得したという理由は、一体なんなんだ？」

彼女は薄く微笑んだ。

「いずれわかります。……そう遠くないときに」

それだけ言い残し、天后は隠形した。彼女が消えると同時に、水が雨のように落ちていく。

晴明は釈然としない面持ちで呟いた。

「どういう意味だ…？」

しばらく考えても、答えが得られるわけはない。

諦めて息をつき、晴明は踵を返した。

残る七名を捜さなければ。

重さを増した足を叱咤し、再び濃くなってきた霧の中を、晴明はよろよろと進み出した。

四

参内したばかりの賀茂忠行は、昨日片づけられなかった書類に目を通していた。

そろそろ始業の鐘鼓が鳴る。

視界のすみに、参内してきた弟子の姿が掠めた。

「師匠、ちょっといいですか」

布包みを抱えた岦斎が許可を求めてくる。

応じた忠行の前に腰を落ちつけて、岦斎は包みを見せた。

「これを、見てほしいんですが…」

「何を持ってきたんだ?」

弟子の言葉に、師である忠行は見るからに不審顔だ。

岦斎は包みを開こうとしたが、ふと手を止めた。

なぜ手を止めたのか、自分でもわからない。ただ、なんとなく、無造作にここで披露するのは憚られるような気がした。

岦斎の表情からそれを読んだ忠行は、立ち上がって場所を移した。

ふたりが向かったのは、人通りのほとんどない陰陽寮の奥にある渡殿だ。

「人目を避けるなら塗籠の中のほうがいいかもしれんが…」

師の言葉に、岦斎が目を見開く。

「えっ、待ってくださいよ師匠。これそんなに大変な代物ですか」

「だからわざわざ見せにきたんじゃないのか」

「……いやまぁ、そういうことに、なりますかねぇ」

こめかみの辺りをかりかりと掻く岦斎の仕草に、忠行は深々と息をついた。

賀茂忠行は、陰陽道の大家として名を馳せている。この国において名実ともに最高峰の陰陽師だ。その弟子ともなれば相当の技量を有している。にもかかわらず、岦斎は忠行の許に持ってきた。ということは、自分では力不足だと無意識に判断したからだろう。

四方に簡単な結界を張ってから、岦斎は改めて包みを開いた。

「何の変哲もない、よくある代物に見えるんですが…」

中から出てきたのは、異国の細工がなされた香炉だった。鉄製だろうか。随分年代もののようだ。しかし、それほど高価なものではないだろう。美術品としてではなく、日用品として使われてきたような風情がある。

香炉を手に取った忠行は、しげしげと眺めながら首をひねった。

「特に、これといって……」

言い差して、ふいに眉をひそめる。

香炉から漂うかすかな残り香を、注意深く嗅ぐそぶりを見せた。

忠行の表情が険を増す。

香炉を睨みつけながら、弟子に問いただした。

「これをどこから持ち込んだ」

岦斎は訝しげに答える。

「持ち込んだ、と言いますと？」

「これは外つ国のものだ。それも、隣国の遥か向こう、大陸の奥のほうの代物だぞ」

忠行の言葉にも顔つきにも緊迫したものが漂っている。

遠い異国のもの、というだけではない何かがこの香炉にはあるのだと、その面持ちから察せられた。

「師匠、これはなんなんですか」

「どこから持ち込んだのかを答えろ」

声音が硬い。

岦斎は渋々答えた。

「先日お話しした、橘の姫の許から借り受けてきたものです」

師の表情に険しさが増す。

「なぜ橘の姫がこんなものを持っているのか」

「例の、亡くなったという公達から、求愛の証として贈られたのだそうですよ。破邪の香だという話でした」

よくよく話を聞けば、一見よくあるこの鉄製の香炉は、かの公達が特別に取り寄せたもので、香は姫のために合わせた、ふたつとない代物だということだった。見鬼の才を持っている姫に、破邪の力も併せ持った特別な調合をしたとか。

「ふたつとは…確かにないかもしれんが、似た香は知っている。遥か外つ国の、呪術に用いられるものと、よく似ている」

岦斎の背筋を冷たいものが駆け下りた。

「呪術…？」

頷く師に、岦斎は問いただす。

「それは、どういった類の？」

忠行は面差しに嫌悪感をにじませた。

「幾つかあるはずだ。これは確か…、心を壊すためのもの」

岦斎は、我が耳を疑った。

「破心香、という名だったかな。徐々に気力を殺いで意思をくじき、最後には自我を失わせるという」

とはいうものの、忠行とてもさほど詳しいわけではない。嗅げば自らの身が危険にさらされるので、実物ではなく模擬香を扱ったことがあるだけだ。

「本物を知っているわけではないので、断言はできんが…、似ていることは確かだ」

「……破心香…」

「……はい？」

豈斎は、自分でも驚くほど、師の言葉に驚いた。狼狽した、といってもいい。

確かに、海を越えた遥かな国には、この日本では及びもつかないような様々な信仰や教義が存在しているという話だ。

正道には常に魔道が表裏一体として存在しているものだ。

陰陽道にも外法は存在しており、その中には人心を惑わせ、狂わせるものもなくはない。が、道具を用いることはなく、必要とされるのは術師の技術と霊力のみだった。

自分を落ちつかせようと、豈斎は努めて深呼吸をした。

動揺は、あらゆる感覚を鈍らせる。陰陽師は常に心を水面のように保っていなければならない。

もっとも、そんなことが本当にできるかというと、人間なので難しい。

宮中に出仕している官吏や参内の許された上達部たちよりは、陰陽寮の者たちは腹が据わっているが、常に心が平静に保てているかというと、否というほかはないだろう。

「……外つ国では随分お手軽に物騒なことができるんですねぇ」

呟く岦斎の目に険がにじむ。

橘の姫に求婚していた公達は、なぜそんなものを使ったのか。

あの姫の自由意思を奪い、自我を持たない人形のように仕立て上げ、ただの飾り物のようにしてまで欲したのか。

陰陽師は貴族たちから、どこそこの姫と結ばれるよう禁厭をかけてほしいとか、何某の娘の婿に選ばれるよう、ほかの候補たちを出し抜くための祈禱をあげてほしいとか、恋人が心変わりをせぬように見合った護符を作ってほしいとか、それはもう頻繁に依頼される。

並み居る陰陽師たちの中でも安倍晴明の符が天下一品という評判が定着しつつあるので岦斎の許にはさして依頼はないが、皆無というわけでもない。もっとも岦斎の許に来るのは、宿敵を失脚させるための呪符の作成など、心穏やかではないものばかりなのだが。

彼が南海道遠国の出だということを聞き、ならばと思うのだろう。出自を隠すつもりはないが、こういうときは伏せておけば良かったと後悔する。

苦い顔をしている弟子に、忠行は問いただす。

「その姫の様子は？　香の効力で変調をきたしてはいないか？」

岦斎は記憶を手繰った。

過日初対面した折には。

「……なんというか、諦観ここに極まれりといいますか…。天命だから仕方がないのだと、しきりに言っていましたね」

だが。そんな姫が、晴明のことだけは気にかけていた。

そうだ、晴明は。

「師匠、晴明はやはり今日も来ていませんか」

これは問いではなく確認だった。

忠行は渋面で頷く。そうして弟子に詰め寄った。

「やはりということは、岦斎、お前何か知っているな？」

「えーと、……はぁ、まぁ」

目を泳がせて頰を掻く岦斎に、忠行の面持ちが更なる険しさを見せた。

「まさか、本当に十二神将召喚なぞを考えているのじゃあるまいな。いくらあれでも、そんな無謀は…」

「そのまさか、ですね。そんな無謀に全力で立ち向かっている姿は、いっそ天晴れといいといいますか。あまりにもありえない光景に、天から槍が降ってもおかしくないといいますか」

安倍邸の周囲に結界をめぐらし、極秘に十二神将召喚の儀を行っていた晴明。

そこには、この数ヶ月のうちには一度も見せたことのない、鬼気迫るものが漂っていた。

安倍晴明という男には、岦斎の知らない顔がまだまだ隠されているのだろう。

「今日も、退出したら様子を見に行こうと思っているんですが。でも、入れてもらえるかどうかが、ちょっと……」

昨日も結界を抜けるのに相当苦労した。晴明のことだから、侵入防止のため結界をさらに強固なものにしているに違いない。

唸る岦斎の横で、忠行もまた剣呑な表情を崩さない。腕を組み、じっと何かを思案している。

やがて陰陽道の重鎮は、厳かに口を開いた。

「……橘の姫に香炉を贈ったというその公達」

「はい？」

「一体何者だ。名は」

「名は、確か………」

ふいに、岦斎は胡乱な顔をした。

橘の姫に求婚した公達。

考えてみたら、橘の翁も媼も、姫の口からも、その名が出たことがない。

賀茂祭の当日の夜に、目も当てられないほどの凄まじい状態で遺骸が発見されたという話だったが。

そう告げると、忠行は唸った。

「それだよ。殺されたという話をお前から聞いただろう。どこの誰なのかを調べようとしても、誰に聞いても知らないという」

岦斎は目をしばたたかせた。

「え…？」

それは、どういうことなのか。

手にした香炉を見下ろす。

これを橘の姫に贈った公達。誰も死者とかかわりは持ちたくないということなのか。

しかし、姫の様子から考えるに、嫌っていたわけではないようだった。ばけものに魅入られた自分にかかわらないでほしいと思っていたようだが、それは相手を慮ってのことだろう。

無名の公達は、それに苛立ち、思いつめて、邪法に手を出したのだろうか。それほどに、姫を欲していたのだろうか。

「…………」

腹の底からふつふつと沸きあがってくるものを、岦斎は自覚した。

名前も顔もわからないその公達の身勝手さに、猛烈に腹が立った。

そんな公達のために心を痛め、天命を受け入れることを是としてしまった姫の心情が、哀れに思えてならない。

やはり晴明に命がけでも何でも十二神将を折伏してもらってあのばけものを退治てもらおう。

それがいい、そうしよう。

勝手に決める岦斎である。

弟子がなにやら碌でもないことを考えている顔をしているのを見た忠行は、目をすがめた。

「おい、岦斎」

「はい？」

とりあえず腹立ち紛れに香炉を叩き割ってくれようかと思案していた岦斎は、物騒な目を師に向ける。

忠行は嘆息（たんそく）した。

「顔に心持ちが出ておるぞ」

「む」

頬をぺしぺし叩いて取り繕（つくろ）う。

そのとき、香炉がかたりと音を立てた。

「ん…？」

何気なく視線を落とす。

しっかりはまっていたはずの蓋（ふた）が、かたかたと音を立てて震（ふる）えていた。まるで中から何かが出てこようとしているかのように。

身をよじるようにして震える香炉を布越（ご）しに持っていた岦斎は、手のひらから腕にぞわっとした気配が駆（か）け上ってくるのを自覚した。

「…っ！」

息を呑（の）んで思わず香炉を取り落とす。

外れかかった蓋を撥（は）ね飛ばすようにして、黒煙（こくえん）のような鬼気（きき）が香炉から噴（ふ）き出した。

「なっ！」

「岦斎、離（はな）れろ！」

忠行が色を失う。岦斎は咄嗟（とっさ）に飛び退（すさ）った。黒い鬼気が辺り一面に拡散する。

視界が黒煙に阻まれて、岦斎は刀印を結んだ。

「吹き来る風、白刃のごとく！」

名もなき風神を召喚する神呪を唱えたが、忠行の織り成した結界が仇になった。風神の神気が阻まれてしまう。

黒煙の中に何かが蠢いている。

「師匠！」

影の向こうにいるはずの師は無事か。呼号に応えがない。

「師匠、無事ですか⁉」

叫びながら両手で結印した。

よもや大内裏のど真ん中、陰陽寮で実戦を行うことがあろうとは。

「オン、アビラウンキャン、シャラクタン！」

岦斎の霊力が集結する。

故郷では、物心つくずっと前から、様々な術法を学び、徹底的に修めてきた。

彼の生まれた地では、祈禱や調伏などよりも呪詛や使役による暗殺術に重きが置かれている。

だが、それだけでは足りない。岦斎が真に知りたいことは故郷にはなかった。

だから彼は故郷を出て、この都にやってきたのだ。

鬼気をまとった影が、黒煙の中にいる。岦斎の向ける敵意と霊力を感じ、おもむろに振り返る。

岦斎の胸を戦慄が撃ち貫いた。

下手に手出しをすれば、瞬く間に命を取られる。

それはもはや予感ではなく確信だった。

「岦斎！」

忠行の声が響いた。険しい声音は、弟子の先走りを戒めている。彼もまた圧倒的な力の差を瞬時に見抜いたのだ。

岦斎は努めて呼吸を整えた。早鐘を打つ心臓に呼吸が引きずられている。

息はすべての基本だ。息が浅ければ本来の力は発揮できず、思考も散漫になる。物事と冷静に向き合うためには、深く落ちついた息を常に保たなければならない。

心中で神呪を唱える。何度も何度も繰り返し、余計な雑念をすべて削ぎ落とすのだ。

目は黒煙の中の影に注いだまま、岦斎は微動だにしなかった。

自分の繰り返す呼吸の音だけが耳に響いている。一切の雑念が消えた意識には、ほかのものが入る余地がない。

鬼気が震えた。

岦斎ははっと目を瞠る。渡殿に落ちた香炉が、押されたようにころころと転がる。

一瞬気が逸れた。その瞬間、漂っていた黒い鬼気が小さな嵐のようにうねった。

「……っ！」

岦斎は反射的に目を閉じた。無意識に築いた障壁が彼を包み込む。それが完成する間際に、鬼気が爆発した。

彼はその爆発に巻き込まれた。衝撃に翻弄される。叫び声を上げたつもりだったが、爆裂に呑まれて掻き消されたようだった。

途切れる寸前の意識の中で、師は無事かと、それだけを思った。

◆　◆　◆

遥か西国、伯耆だか因幡だかには、砂ばかりがどこまでもつづく丘があるという。

海を越えた大陸の奥には、四方八方どこを見ても一面の砂漠があるという。

さらにさらに大陸を西へ進み、たくさんの山を越え、たくさんの川を越え、絹の道と呼ばれる街道を気の遠くなるような年月を重ねて向かう先には、筆舌に尽くしがたいほど砂ばかりの荒涼の地が広がっており、そこでは時折嵐が起こって、何もかもを呑みこんで砂とともに舞い上げるのだという。

どれもこれも書物や、渡来の者から聞いた話だ。行ったこともなければ、見たこともありはしない。

そもそも彼は、そんな遠方になどまったく興味がなく、必要な知識だと思ったから頭に入れただけで、それ以上でもそれ以下でもなかったのである。

行くような機会など訪れないだろうし、行きたいとも思わない。勅命でもない限り、砂ばかりの地に行くことなど決してあるわけがないと高を括っていた。

「……っ……！」

晴明は、固く目を閉じたまま両腕を顔の前に掲げていた。そうしていても、叩きつけてくる砂塵が瞼の隙間に入り込んでくる。狩衣の袂を鼻と口元に当ててかろうじて呼吸をしているが、息苦しいことこの上ない。

さっきからずっと、暴風が砂塵を巻き上げながら荒れ狂っている。

必死で足を動かしてきたが、向かい風に押されて、すぐにくずれる足場の悪さも手伝って、一歩も動けなくなっていた。

「……の……っ！」

川の流れにそって進んでいたはずだったのに、いつしか川が消え緑が消え、剝き出しの大地にごつごつとした岩が転がっている荒野をあてもなく進んでいるうちに、足元がだんだん柔らかくなって、気がついたら砂漠だった。

　おそらく砂漠と呼ぶべきところだろう。何しろ晴明は、砂漠というのを見るのが初めてだ。

　どこまでも砂ばかりで、どちらに進めばいいのかと困惑しているうちに、徐々に風が強まっていき、瞬く間に暴風と化したのだ。

　口を開けると砂が入ってくるので、袂で押さえ、目を腕でかばいながら進んでいたが、やがてそれもできなくなって。

　現在晴明は、立ち往生している。

　砂嵐に対する怒りは頂点をとうに超えている。対象が無機物であるからには用法は間違っていることは百も承知で、生まれてこの方ここまでのものは感じたことがないほどの激しい殺意がわいていた。

　何が悲しくて、どこだかもわからないような得体の知れない場所で砂にまみれて暴風にさらされなければならないのか。

　自分は十二神将を従属させるためにきたのであって、こんなところで砂嵐に翻弄されるためにきたのでは断じてない。

　最初に現れた天空からはじまって、玄武、天一、太裳、天后と、五人の神将を従えたことになる。ならばそろそろ残りの神将も、こちらに対する見方を変えてぱっと出てきてあっさり膝を折るくらいの妥協をしてもいいんじゃないだろうか。

それとも何か。五人の神将たちが使役にくだったとしても、それとこれとは話が別で、それぞれが力量を量って及第だと判断しない限りは式にくだることなど論外だとでも言うのかこのやろう…！

怒りのあまり目眩までしてきた晴明である。

ぐっと歯を食いしばり、膝を懸命に押し出す。足を上げすぎると風で足元をすくわれて飛ばされそうになるので、引きずるようにしながら歩を進める。

目を開けられないのでもはや当て推量だけで進んでいた。もしいま飛来物があったらぶつかるだろうが、砂で目が潰れるよりはましだ。たぶん。

ぎりぎりと食いしばる歯がじゃりっと音を立てる。唇の隙間から入り込んだ砂が立てる不快な音だ。水で口をすすぎたい。

ふと、先ほどくだした水将のことが脳裏をよぎった。

そうだ。もう式にくだしたのだから、呼べば出てくるはず。従属した神将たちを召喚して嵐を止めさせることとて、できるのではないだろうか。

上々のひらめきに思われた。よし、誰かを呼ぼう。誰を呼ぶか。

考えていた晴明のうなじを、ふいに戦慄が撫でた。喉の奥で声が絡まる。

神気だ。誰のものかはわからないが、神将の神気を感じる。

そしてその神気は、決して好意的なものではなかった。

「……っ」

晴明は忌々しげに舌打ちした。

中途半端な状況で召喚したとしても、誇り高い神将たちは決してそれには応じないということか。

言葉ではなく神気でそうと察するよう仕向けてくるあたり、まだまだ心から従ってくれているわけではないのだろう。

苛立ちをやりすごせずに、晴明は拳を握り締めた。

砂の味が苛立ちを募らせる。

この砂漠はどこまでつづいているのか。果たして本当に抜けることはできるのか。

そして何より、六人目の神将は、自分の前に出てくる気が本当にあるのか。

袂で押さえた口を開き、晴明は低く唸った。

「よもや、恐れをなして逃げ出したんじゃあるまいな……！」

宮中の貴族たちが聞いたら、青くなって震え上がりそうなほど物騒な語気で吐き捨てて、晴明は膝に力を込める。

もし本当に尻尾を巻いて逃げ出したなどというなら、十二神将は腰抜けだと未来永劫伝承されていくように五行大義を書き換えてやる。そもそも天の帝たる天一、天乙貴人とも呼ばれる存在が、男性ではなく女性だった時点で、大陸から伝わったかの書がいい加減だったということが証明されている。

しかも天一ではなく天空が十二神将を統べる者だというではないか。これはどういうことなのだ。

天空は天一の正面に在る者で、天帝たる天一の正面は空席であり、ゆえに無の象徴として天空が据えられたともいう。ということは何か、真実を隠すために公の書物には正反対のことが記されたとでもいうのか。

「………」

晴明は、思わず目を開いた。

「っ、くっの…っ！」

途端に砂が入って低くうめく。痛みとともに涙がにじんだ。

そういうことなのか。

真実は記されない。真実は、口伝でのみ語り継がれ、書物には真実を隠蔽するための偽りが残される。

そう考えれば、天一の性別も役目も偽りであったことの説明がつく。

無性に腹が立った。

陰陽寮の誰も十二神将など見たことがなかったからあれをあのままばか正直に信じ

ていたが、見たことも聞いたこともないものを疑いもせずにいたことがそもそもの間違いだったのだ。

大体陰陽寮は学問の最先端を突っ走らなければならないはずなのに、古代からの書物がそのまま資料として取り扱われていることがおかしい。時代は刻一刻と移り変わっており、日々新たな発見があるものなのだ。本当かどうかもわからない、筆者の正体すらも確かめる手立てのない書物を信用してどうする。

考えてもみろ、果たして著者は本当に実在しているのか。もしかしたらどこかの誰かが筆名を使って素性をでっち上げてご大層な内容を適当に創作しただけの代物かもしれないのだ。

そんなものでよかったら、自分だって向こう千年伝わるような書物を書けるかもしれないではないか。いやいや、かもしれない、ではない。書けるはずだ。書けるに違いない。書いてやるぞ畜生。

そのあとにも、名も知らない先達のことをこれでもかと罵倒して悪口雑言の限りを撒き散らしていた晴明は、ふと、風の温度が変わったことに気がついた。

風の唸りが乾いたものに変わる。

ちりちりとした感覚が肌を刺す。

冬場に金属を触ると軽い衝撃とともに破裂したような音が立つが、あの感覚に似ている。

空気が乾いていく。荒れ狂う砂はさらに舞い上がってごうごうと不気味な音を響かせる。

それまでどうにか踏ん張っていた晴明だったが、威力を増した風圧に、いよいよ飛ばされそうな予感がした。このままではまずい。

どこかにひそんでこの風がやむまで待つか。

そう思った瞬間、言葉にできない何かが脳裏で閃いた気がした。

「……」

なぜこれほどに風が強いのか。常に晴明の行く手から吹きつけてくる風は、まるで彼を阻むように感じられる。

自分は十二神将を捜している。人間の陰陽師が彼らを従属させるためにやってきたことは伝わっているはずだ。

神将たちにはそれぞれに特性があり、五行の力を持っている。

晴明がこれまでに従えた神将は五名。

三人は土将、ふたりは水将。

残るは土将がひとり、火将がふたり、木将がふたり、そして金将がふたり。

風は陰陽五行では金にあたる。方角で言えば西。

怒りのままに吐いていた己れの言葉を思い起こす。

書物に記されていたことが真実とは限らない。水将、土将、火将は文字通り水、土、火を操るのだろうと見当がついた。では木将と金将は。

そして、この風を起こしているのは、誰だ。

そうだ。なぜ気づかなかった。

冷静に感覚を研ぎ澄ませてみれば、この風自体が自然のものではなく、神気によって起こされているものだということが容易に察せられるではないか。

晴明は唇を噛んだ。

相手の術中にはまっていたわけではない。単純に、晴明自身に余裕がなかったため、思い至らなかったのだ。

そうだ、自分は追い詰められている。

体力も霊力も限界で、気力で持ちこたえている。

いまこの瞬間にも都の橘邸にあのおそろしいばけものが襲撃をしかけ、姫を奪い去っているかもしれない。

助けると約束を交わしたわけではない。橘の翁媼に懇願されても、自分は一度も首を縦には振らなかった。

姫の命がどうなろうと、自分の知ったことではない。

見て見ぬふりは得意だった。今回もそうやって無関心を決めてやり過ごせばいい。誰に恨まれても、憎まれても、余計なことに首を突っ込むのはいらない苦労を背負い込むだけで何の得にもならないのだから。

なのに、なぜ自分はここにいるのだ。

何度考えても、どうしても答えが出ない。わからない、わからない。

わかっているのは、あのばけものを倒すためには、どうしても十二神将が必要だということだけだった。

風が威力をいや増す。どれほど力を振り絞っても、もう一歩も進めない。

息ができないほどの風圧の中で、唐突に耳鳴りがした。

きいんという独特の音が鼓膜の奥に響く。その瞬間、形なき刃が四肢を切り裂いた。

「な……っ！」

鎌鼬か。

晴明はその場に伏せた。その頭上を風の刃が駆け抜ける。

間違いない。風を操っているのは金将。いや、紛らわしさを払拭するために風将と呼ぶべきか。

自在に風を操る神将が、砂嵐のどこかにひそんでいる。

どこだ。

かざした腕の下で、晴明はきっと眦を決した。

いつまでもこんなところで足止めを食ってたまるか。

風は止められない。視界は砂塵でさえぎられており、目では絶対に捉えられない。

神気を手繰るのだ。

風を操っているのは、神将の神気。その元を突き止めれば、居所がわかる。

晴明は呼吸を整えた。

怒りは相変わらずくすぶっているが、それに呑まれていては感覚が鈍る。

ふいに、図々しく邸に上がりこんでくる能天気な顔が浮かんだ。

すべてが終わったら思う存分当たり散らすことに決め、いまは私的感情を心の奥に封印する。

呼吸を整える。息は水火であり気。

息を整えることは、水火と気を整えること。

全身に力を込めて立ち上がる。胸の前で内縛印を結び、砂嵐の向こうに焦点を定める。

「オン、ビンビシカラカラシバリソワカ、ナウマクサンマンダバサラダ、センダマカロシャダソワタヤウン、タラタカンマン！」

残り少ない霊力が迸る。

晴明が扱うのは霊力だけではない。息をすることによって宇宙の気と同化し、世界に坐す神々の力を借り受けることもできるのだ。

しかし彼は、知識として知ってはいても、これまで実際にそれを行ったことはなかった。

晴明は、異形の血を引いている。妖の血が徒人にはない異能の力を彼に与えており、それが凄まじい霊力と周囲には考えられているのだ。

だから晴明は、必要以上の力を示すことを嫌った。この特異な力は、彼が半分妖であるということの証明でもあるからだ。

真言の詠唱とともに完成された不動金縛りの術が、砂塵の壁の向こうで無形の檻と化した。

あれほど凄まじかった砂嵐が、ふつりとやむ。

荒れ狂っていた砂が音を立てて落ちてくる。

砂に打たれながら、晴明は正面をまっすぐ睨んだ。

砂の雨がやむまで、随分かかった気がした。

鎌鼬が襲ってくる気配はもうない。

時が惜しい。砂礫の雨を受けながら歩き出す。

砂丘は徐々に緩やかな斜面となっていき、足が沈んで一歩進むのも難儀だ。それでも必死に砂を蹴散らしながら進んでいくうちに、足裏の感触がしっかりしてきた。

落ちてくる砂礫を防ぐため、手をかざして目をかばっていた晴明は、足元から吹き上げてくる風にあおられた。

いつの間にか、唸りを上げる風の中から砂塵が消えている。

無意識に視線を走らせて、彼は息を呑んだ。

「なんだと……っ⁉」

見たものが信じられず、思わず振り返る。

背後に広がっていたのは、空だった。

彼はどういうわけか、急斜面の崖、その中腹に立っていたのである。

本気で目眩がした。気が遠くなりかけて足を踏みはずしそうになり、慌てて岩を摑んだ。

冷たい汗が頰を伝い落ちる。夢なら覚めろと思ったが、瞼を何度開閉させても、広がる景色は変わらなかった。

晴明は思った。神将たちは、実は自分を殺そうとしてるんじゃなかろうか、と。

登るか、降りるか。決断を迫られた晴明は、底から吹き上がってくる突風に押し上げられた気がした。

これは、登れということか。

晴明は意を決して崖を登りはじめた。

道具も何もないので、頼りはこの身ひとつだ。天辺の見えない崖を延々登るのは精神的拷問だったが、一度登り出してしまった以上とまることはできない。

必死に登っているうちに、追い風だったはずの風向きが向かい風に変わった。

さらに、目にもはっきりと見える風の渦が、晴明の肩口を掠めていく。

晴明の顔から血の気が引いた。あれが当たったら、まっ逆さまに落ちる。

あえて下は見なかった。どれほどの高さなのか、考えるのは無意味だ。下なんぞ見てたまるか。見たら心が折れる。

風と竜巻にくじけないよう気力を奮い立たせながら、晴明は据わった目をした。

この竜巻は、先ほどの鎌鼬とは別の神気を帯びている。

考えるまでもない。先ほどの神将につづき、次に待ち受けているのも風を操る風将だ。断言してもいい。

実は待ち受けているのは最後の土将で風は風将に手伝ってもらっただけですなどというふざけた真似をしているのだったら、殺す。問答無用で殺す。絶対に何が何でも命に代えても殺す。

ついでに、登ってくる人間に竜巻を叩きつけてくるような極悪非道な神将の面構えを、しかとこの目に刻んだ上で力いっぱい張り倒す。それで従属させられなくても構うものか。こんな真似をしでかすような神将なんぞ、こちらから願い下げだ。

「いい加減にしろよ…っ！」

殺意のこもった怒声が轟く。

憤怒でぎらぎらと輝く眼は、遥か先に終着地を捉えた。あそこが天辺か。

怒りと憤りとで気力を補い、晴明はようやく天辺の岩に手をかけた。肘を引っ掛けて、それで体を引き上げる。

ようやく登りきったときには、息が上がって汗がどっと噴き出した。

地に両手をついて肩を上下させていた晴明は、視線を感じてのろのろと顔を上げた。

頂上には白い霧が立ち込めており、風に流されることもなく視界を阻んでいる。

一丈も離れれば何も見えないほどの濃い霧だった。

晴明は呼吸を整えて、ふらつきながら立ち上がった。

脹脛が震えている。膝もがくがくと笑って、両手とも手先の感覚がもうない。

これでは印を結ぶのも困難だろう。

晴明は剣呑に目を細めた。

これまでに下した神将たちのことを思い起こす。

戦う力を持たないという、天空、玄武、天一、太裳。

戦う力を持っていても、自分はもっとも力なき者だと告げてきた天后。

ふと、視線を感じた晴明は顔をあげた。

霧の向こうに気配がある。この神気は、鎌鼬を操っていたものか。

風が吹き、霧を押し流していく。現れた姿を見て、晴明は息を呑んだ。

「……鬼…⁉」

そんなはずはない。漂っているのは紛れもない神気だ。しかし晴明には、それが鬼にしか見えなかった。

彼がいままでに見てきた誰よりも長身で、恐ろしいほど筋骨隆々とした体軀。肩につかない総髪は亜麻色、晴明をまっすぐに射貫く鋭利な双眸はくすんだ灰。年の頃は、人間でいえば三十代後半から四十代前半といったところか。威厳のある顔立ちは精悍で整っており、剣呑な表情がそこに宿っている。

昔渡来の者から聞いた、絹の道のさらに西の国の拳闘士のような出で立ちに似ていると思った。何の武具も持たず、その身の筋肉だけが武器の、戦士のような。

まるで、戦うために存在しているような男だった。

これが、戦闘に特化している闘将なのか。

晴明は固唾を呑んだ。乾いた唇をしめらせて、言葉を投げかける。

「……お前は…」

神将は、眉ひとつ動かさずに口を開いた。

「…随分と口の悪い男だ」

晴明の眉間にしわがよった。逆鱗をざりっと撫で上げられた気がする。

「…なんだと」

「言霊を駆使する陰陽師とも思えんが…。まあ、いい。神将相手に縛魔術とは洒落た真似をしてくれたものだが、その実力は一応認めよう」

なるほど、縛魔術を受けたので鎌鼬を収めたわけか。

晴明は無言で拳を握り締めた。

落ちつけ、自分。認めるといっているのだから、ここは黙ってやり過ごすのが賢明だ。

晴明が黙って術を解くと、神将は重々しくつづけた。

「汝の名を述べよ。そして我が名を……」

言いかけた男を、霧の中から飛び出してきた小柄な影がさえぎった。

「だめよっ！」

甲高い叫びが風を裂く。

晴明は、今度は呆気にとられてぽかんと口を開いた。

男の前にひらりと降り立った小柄な神将は、風をまといながら晴明をきっと睨む。

不躾に指差して、晴明はのろのろと口を開いた。

「…………十二…神将……？」

まっすぐに晴明を射貫いている双眸は桔梗。くせのある栗色の長い髪をふたつに分け、両耳の上で異国風の飾り紐で結っている。肩や腰に巻かれた幾つもの領巾がひらひらと風に踊る。腰周りの一枚布は、風をはらめば軽やかに翻るだろう。はだしの足首には鈴のついた輪飾りをつけた幼い少女の風体。歳の頃は、人でいうなら六歳か、もう少し上程度か。

少女は背後の男を肩越しに顧みた。

「あの程度で軽々しく式に下るつもりなの!? それに、こいついま、わたしのことを侮ったわよ!」

それから、と、晴明を振り返り、彼女は眉を吊り上げた。

「どうしてわたしたちを式に下したいのか、ちゃんと答えないうちは絶対にだめよ!」

きんきんと耳に響く甲高い声が、晴明の癇に障った。

怒気に満ちた剣呑な眼光が少女を射貫く。

「理由は、天一たちに伝達するよう……」

「聞いてるわよ」

「なら、何度も同じことを聞くな!」

さすがに語気が荒くなる。

一方の少女も負けてはいない。肩を怒らせて食ってかかってきた。

「わたしが聞きたいのは、どうしてそこまでするのかってことよ！」

応酬を見ていた男がさすがに割って入ろうとする。

「おい」

「黙ってて！」

ぴしゃりと言い放たれ、男は嘆息して下がる。少女は晴明を睨んだ。

「どうしてそこまでするの。別に見捨てたっていいじゃない。姫がどうなろうと、あんたのせいじゃないんだもの。そこまでするのはほかに理由があるからじゃないの⁉」

少女の体を取り巻く風の渦が激しくなっていく。ふたつに結われた長い髪があおられて大きく翻り、小柄な肢体がふわりと浮き上がった。

「どうなの！　嘘を言ったら、ただじゃおかない！　縁もゆかりもない姫のために、なぜそこまでするの！」

なぜそこまで。

そんな疑問は既に何百回何千回と自分自身に向けたとも。

抑えきれない苛立ちに任せて、晴明は声を荒げた。

「知るか！　強いていうなら、無性に苛々して癇に障るからだ！」

少女が何かを言おうとするのを制して、男が前に出た。

「なのに、姫のために命を懸けるのか」

男の体軀に風がまとわりついている。少女のものより勢いのゆるやかなそれは、そのまま神気の差に感じられた。この男より、幼女にしか見えないほうが、強い。

頭のどこかがそう分析する。このまま喧嘩腰で応酬が激化していくのは得策ではない。冷静さを取り戻して式に下ってくれるよう説得することが望ましい。

理性はそう訴えている。晴明はしかし、感情のままに怒号した。

「誰が姫のためだと言った！　自分のためだ！　自分のため以外にこんな戯けた真似ができるか！」

取り繕ってなんになる。晴明は、誰かのために動いているのではない。

無力な自分が許せず、手立てを見つけられない苛立ちと歯がゆさをどうにかするために、こんな正気の沙汰ではない愚行に及んでいるのだ。

それは、自分が決めたことだ。晴明自身がそう決めたから、いま彼はここにいるのだ。

対する少女はびっくりしたように、大きな目を丸くした。

「――そう」

「そうだ！」

つい怒鳴り返す。怒鳴るだけでも体力を削るというのに、自分を抑えられない。

こんなふうに激情をさらすことなど、そうそうない。岦斎相手でも、常にどこかで自制が働いているというのに。

少女と男は無言で視線を交わした。思案するそぶりで少女が口元に指を当てる。彼女を右の肩に乗せ、男は晴明に向き直った。

「まぁ、いいだろう」

「とりあえず、一応認めてあげるわ」

目眩がしそうになっていた晴明は、彼らの言葉を聞きとがめた。

「……なに？」

少女は男の肩に腰掛けたまま腕を組む。

「ちょっと気に入らないけど、おためごかしの答えよりはましだわ。さあ、人間。汝の名を述べよ、そして我が名を呼びなさい。絶対に、間違えるんじゃないわよ」

甲高くよく通る少女の声が、尊大に宣言する。

晴明は、感情が臨界を突破して逆に鎮まっていく、という現象を体感した。

男を見れば、こちらは無言でひとつ頷く。少女が現れる前の仕切りなおしということか。

深呼吸をして、晴明はまず注意深く男を見つめた。風を操る将。五行は金。金は西方。

その出で立ちが目に留まる。

肩から背、腰を覆う鎧の色彩。白地に黒の線が走り、胸の前を交差する幅広の黒い革紐(かわひも)で押さえている。腕と脛(すね)も覆(おお)っているが、足元ははだしで、白い下衣はくるぶしまでの丈(たけ)であるようだ。

外(と)つ国からもたらされた絵画の中に、あの鎧とよく似た毛皮の生き物が描(えが)かれていた。

名は体を表すという。

晴明は息を吸い込んだ。

「我が名は安倍晴明。式に下れ、十二神将、――白虎(びゃっこ)！」

男はふっと笑って膝(ひざ)を屈(くっ)した。

「いかにも。我は十二神将白虎。これより、安倍晴明、お前の式となりて、その命に従おう。だが……」

晴明は男をさえぎった。

「それ以上は言わなくてもわかっている。まだ全面的に従うと決めたわけではないとかなんとかだろう」

白虎は目をしばたたかせると片側だけ口端(こうたん)を吊(つ)り上げた。

妙(みょう)に貫禄(かんろく)がある。壮年(そうねん)の落ちついた雰囲気(ふんいき)というか。体躯と相まって、この男こそが最強の将なのではないかと一瞬(いっしゅん)よぎった。

しかし、出てくる順に通力が強大になっていくのだとしたら、竜巻(たつまき)を叩(たた)き落としてきた少女のほうが白虎を凌ぐことになる。だが、とてもそんなふうには見えない。晴明のもの言いたげな視線に気づき、彼女は胡乱な顔をした。

「なによ」

晴明は頭を振った。

「いや。出てくるごとに強力になっていくのかと思っていたが、勘違いかと……」

その言葉を捉えた瞬間、少女の双眸が激しくきらめいたような気がした。

彼女はやおら右手を掲げると、気合い一発、通力を炸裂させた。

反射的に両手を交差させて顔をかばった晴明の耳朶を、竜巻の唸りが叩く。

頬を冷たい汗が伝った。腕の下で視線をめぐらせる。彼の周囲が、竜巻によってえぐられていた。

漂う通力の残滓に慄然とする。その鼓膜に、子どもの声が冷え冷えと突き刺さった。

「なめるんじゃないわよ、人間。見た目で判断するのは、愚の骨頂だわ」

腕を下ろし、眉を吊り上げた少女を見つめて晴明は静かに返した。

「……確かに、そのようだ」

少女が白虎の肩からふわりと舞い降りる。

晴明は疲労に押し潰されそうな自分を叱咤した。

「我が名は安倍晴明。使役に下れ、十二神将、太陰」

晴明の腰辺りまでしかない小さな風将は、きっと見上げてきた。

「そのとおりよ、わたしは十二神将太陰。いまからあんたの命に従う」

太陰の腰布がふわりと風をはらみ、小柄な肢体が浮き上がる。

「あの竜巻の中を登ってこられるくらいの根性は、あるみたいだから」

少女の言葉に、晴明はこめかみに青筋を立てた。

「……なんだと？」

何か、太陰が使役に下る旨を了承したのは、晴明の霊力や技術などではなく、諦めずに登りきった根性を評してということなのか。

「………」

怒号する気力ももはやない。

十二神将たちの価値基準が掴みきれない。それとも、人の身でそれを量ろうというのが間違っているのだろうか。

これまでに使役となした顔ぶれを思い起こす。

天空、玄武、天一、太裳、天后。そして、白虎、太陰。

いままで無作為に現れていると思っていた神将たちだが、どうやらそこにはひとつの法則がある。

神将の名の示すとおり、彼らは戦うための力を持った『将』だ。攻撃の力を持たないといっていた四名は、戦においてて防御に徹するという役割を持っているのではないだろうか。

そして彼らは、十二神将を統べる任を担うという天空はともかく、その力の弱い順に姿を見せ、晴明に挑んでいるのではないか。

思い至れば、それ以外には考えられない。力あるものはそれだけ矜持が高いだろう。最強の将が、そう易々と姿を見せるはずがない。

ということは、次の将はこれまでより強さを増し、その次の将は更に上をいくということにほかならない。

その事実が、晴明を慄然とさせた。

もう、体力も霊力も限界だ。気力でそれらを奮い立たせてきたが、それとていつまでも持たない。相手の強さに反比例していくのだ。

ふと、天后の言葉が脳裏をよぎった。

残るは五名。だが――――。

「……太陰。まさかお前が、十二神将最強の闘将か？」

青年の問いかけに、白虎と太陰は虚をつかれた風情で目を瞠った。

「は……？」

「なによ、それ」

ふたりの表情から晴明は、自分の推論が間違っていたことを悟る。

「ああ、いや…。天后が、最強の闘将は、式に下さぬほうが良いと……」

風将たちの面差しから感情が消えた。明らかに面持ちの強張った太陰は唇をきゅっと引き結び、すがるような仕草で同胞の下衣を摑む。

栗色の頭をなだめるように撫でながら、偉丈夫は徐に口を開いた。

「――それは…ある意味では正しい」

「なに？」

「強大すぎる力は、諸刃の剣だ」

それは、確かにそうなのだろう。

晴明は己れを顧みる。強すぎる力は、時に己れ自身すらも滅ぼしかねない危ういものなのだ。

「それと、お前の問いに答えるが」

目を向ける晴明に、白虎は静かに告げる。

「これは、最強どころか、闘将ですらない」

晴明は絶句する。太陰が肩をすくめた。

「わたしなんかじゃ、闘将の足元にも及ばないわよ。まるで歯が立たないもの」

息を呑む晴明に一笑を向け、白虎と太陰はそのまま隠形する。

再び霧が立ち込めてきた。

「歯が立たない、だと…？」

それほど差があるというのか。だがあまりにも桁が違いすぎて、想像がつかない。

しばらく立ちすくんでいた晴明は、落ちかかってきた髪を払いのけると嘆息した。

全身にまとわりついた砂を、不機嫌そうに落とす。

闘将云々もさることながら。

鎧が虎模様だったから白虎というのは、あまりにも安直過ぎるのではないかと思わないではなかった。そして、その白虎よりさらに強い通力と凄まじい竜巻を操る太陰が、あの風体。

いまいち釈然としない晴明である。しかし釈然としなくとも、事実は事実だ。

頭を振って、次の将を捜して歩き出す。

どうしようもなく休みたかったが、そんないとまはないと己れを奮い立たせた。

◆　　◆　　◆

どうか我が妻にと、突然現れた公達に迫られたのは、いつだったろうか。

気分が優れず横になっていた彼女は、ぼんやりとそんなことを思った。

彼女はそれを拒んだ。

自分は恐ろしいばけものに魅入られている。どうかかかわってくださいますなと、必死に懇願した。

そう、そのはずだった。

ばけものは、自分を狙っている。自分に不用意に近づいてくる者たちを排斥しようとするだろう。だから、誰とも深くかかわってはいけない。

確かにそう告げたのに、あの公達はそれを信じてくれなかった。

どれほど訴えても取り合わなかった。

そうして、ついに恐ろしいことが起こってしまった。

ああ、やはりそうなのだ。誰ともかかわってはいけない。

公達の死が、彼女の心から希望をすべて打ち砕き、根こそぎさらっていった。

ばけものに魅入られてしまった、それが自分の天命。覆すことはできない。

あとは、この命がいつ奪われるのか。その日まで無為に過ごしていくだけだった。

心残りは老いた祖父母がどれほど悲しむかということだったが、それとてどうにもならないものなのだ。

そう、諦めていたはずだったのに。

「……」

開こうとした瞼が、まるで鉛のように重い。目頭が熱くなって、涙が目尻から伝い落ちた。

どうしてなのだろう。諦めて、淡々と日々を過ごしていくだけだったはずなのに、彼女を阻むようにして、耳の奥で響く声がある。瞼の裏に、浮かぶ面差しがある。牛車が暴走した折に、自分を救ってくれた歳若き陰陽師。そして、その友と名乗る青年。

あの、言葉少ない陰陽師。祖父母が無理を言ったのだろう、訪れたとき彼は、心の奥では迷惑だったに違いない。それでも自分の前ではそれをおくびにも出さなかった。

その心根に感謝した。

そうして彼は、下手な慰めは一切口にすることなく去っていった。

もう二度と会うことはないだろうその背を見送りながら、つきりと胸が痛んだことをぼんやりと思い出す。

あの亡くなってしまった公達が訪れるたびに、彼女は言いようのない胸の重さを感じていた。それがなんだったのか、いまならわかる。笑っているのに、時折双眸に不穏な光が見えたのだ。

風が流れる。ふと、甘い香りが漂ってきた。

聞き覚えのある香。

「……」

瞼を持ち上げようとするのに、どうしてもできない。全身が弛緩する。

あの香には破邪の効力があるのだと聞き、絶え間なくそれを薫くようにと公達だけでなく祖父母にも勧められた。

言われるままに薫きつづけ、部屋中にその香が薫き染められた。

香炉がなくなったいまも、残り香が部屋を満たしている。

あの方はご無事だろうか。こんな自分を救うために、あの方は命を懸けているのだという。どうかもう、危険なことはしてくださいますなと、伝えたいのに。

閉じた瞼の間から、再び涙がこぼれた。

ばけものに魅入られているから、誰にもかかわってはいけないのだと思っていた。

だからあの公達からの申し出も退けたのだ。

だが本当は違う。彼女の心の奥底が訴える。

あの公達は、こわい。あの目の奥に垣間見えた不穏な光。あれがあの方の本性だ。

それが、こわいのだ。

あの公達は、それに気づいていただろうか。それとも。気づかないままに亡くなったのだろうか。

　ことりと、枕元で硬い音がした。

　彼女は肩を震わせた。香が強くなる。

　呼吸するたびに香が鼻腔から体内に侵入してくる。思考が散漫になっていく。

　冷たい手が音もなく頬に触れた。全身が総毛立つ。鼻先に、誰かの吐息がかかった。

　手足が動かない。彼女は残る力をすべて振り絞って、必死に瞼を開けた。

　霞む視界の中に、輪郭がある。

　定まらなかった焦点がようやく結ばれたとき、彼女は引き攣ったように息を呑んだ。

　不穏な光が双眸に宿っている、その面。見間違えるはずがない。亡くなったはずの――。

「……っ……」

　喉が凍てついて、震えるばかりで声が出ない。

　死んだはずの公達が、つくりものめいた顔で笑った。

「…………――」

　やがて、ふっと目の前が暗くなり、すべての感覚が遠のいていく。

　深淵の闇に落ちる前に、彼女の脳裏をよぎったのは、あの歳若い陰陽師の面差しだった。

五

四肢にまといつくような白い霧がいやにぬるい。

霧の正体は細かな水分だ。その中を進むと、しとった衣が重くなる。

じっとりとする額を拭ったが、それが冷や汗なのか霧なのかがわからない。

肩で息をしながら晴明は足を運ぶ。

吸い込む霧は生ぬるく、気分が重くなる。

しばらく進んでいた晴明は、漂う風が奇妙に生ぬるくなっていることに気づいて足を止めた。

先ほどまでは、大気は水気に満ちて重くはあったがひんやりとしていた。

どれほどの距離を稼いだのかは判じようがないが、それほどではないはずだ。

にもかかわらず、気温が上がっている。

ずっと色濃く立ち込めていた霧の帳は、少しずつ薄くなっていくようだった。

うなじをちりちりとしたものが撫でる。

危険だと告げている。

体力も霊力も限界なのは相変わらずだ。体力を消耗している分だけ、先ほどよりも悪化している。

何とか足は動いているが、今ここで襲撃されたらおそらくひとたまりもないだろう。思う。

十二神将を使役にと望んだものは、皆無ではなかったはずだ。記されていないだけで、大望をいだく者はいつの時代にも存在していただろう。

神将たちを召喚することが最初の難関だが、数多の者たちはその時点で挫折していったのだろうか。半ば諦めかけていた自分のように、無力さに打ちひしがれて、非力さを呪って。

そして、最初のひとりである十二神将天空を召喚することができたとしても、彼が応じなければ、ほかの誰も顕現することはないのだろう。

そこまでの労力を投じるほどに、十二神将は価値のある存在なのだろうか。

晴明は頭を振った。疲労でどうしても思考が暗いものになっていく。

凝り固まってはいけない。晴明は十二神将全員が必要だと直感したから、全員を召喚した。もし、四神の名を冠する者たち四名だけとか、たとえば天一、たとえば天后といった個々に狙いを定めれば、もっと楽に従属させられるのかもしれない。

すべてが終わったら、詳しいことを尋ねてみよう。一応主の座につけたのだから、その程度のことには返答が得られよう。

我ながらまずい状態だ。終わって楽になったときのことを考えることで現在の自分を奮い立たせるとき、人は極限の一歩手前辺りにいるものなのである。

せめて、一刻でいい。どこかで休息して、眠りたい。

先ほどからずっと目眩がしている。半ば引きずるように運んでいる足は、感覚のなくなった丸太のような気がする。

体がひどく重い。休みたい。寝みたい。

いっそもう、すべてを投げ出してしまいたくなる。

目許を覆って胸の中がからになるほど息を吐き出した。

晴明は自分のためにここに来た。彼をそこまで駆り立てたものの正体は、果たしてなんなのだろうか。

自分でもわからない、得体の知れないものが心の最奥にすくい、息づいている。それは深淵の闇にあり、どうしても摑めない。

もしかしたら晴明は、その正体を知るために、進んでいるのかもしれない。
狭間に生きていたはずの晴明は、妖に触れすぎたことで此岸から遠ざかりつつある。神将は人外の存在だ。彼らを下せば下すほど、安倍晴明は人の括りから離れ、人ならざるものに転じていくのかもしれない。

そこまでして、何のゆかりもない姫を救い、果たして晴明に何が残るのか。

強すぎる力は人の身には過ぎたもの。強大すぎる力は諸刃の剣。最強の闘将を表したその言葉は、晴明自身にも当てはまる。

そのような力は、もはや人のものではない。人でないなら、ではなんだというのか。すべてが終わったとき、自分は此岸でも彼岸でもない、妖たちと同じ場所を生きていくことになるのではないか――。

ふいに、神将たちの意味ありげな表情が脳裏を過ぎていった。

使役に下ることを神将たちが了承した理由。近いうちにわかるだろうと、天后が言っていた。

だが、相変わらず晴明は要領を得ず、ひどく据わりの悪い気分なのだった。

自分の中にあるものだから、自分が見つけなければいけないのだが、その作業はとても億劫で、できれば避けたい。それに、そんなことに拘っている場合ではない。

気を取り直して歩を進めようとした晴明は、一陣の風に頬を撫でられた。

熱い。

自然に足が止まる。彼の双眸(そうぼう)が緊迫(きんぱく)の色を帯びた。

霧(きり)が吹(ふ)き飛ばされていく。風にではない。立ち昇(のぼ)り迸(ほとばし)る熱い神気によって、押しのけられているのだ。

視線の先に、屹立(きつりつ)する影(かげ)があった。

逃(に)げも隠(かく)れもしないという風情(ふぜい)で、堂々としたものだ。

晴明は瞠目(どうもく)した。

これまでの神将たちは、みな素手(すで)だった。が、いま眼前にいる神将は、驚(おどろ)くほど長大な得物を携(たずさ)えていた。

晴明よりも明らかに年下の、十代後半程度に見える青年だ。身(み)の丈(たけ)は白虎と同じか、それ以上。しかし体軀(たいく)はそれほど逞(たくま)しいわけではなく、一見やせぎすに思える。が、よく観察すれば無駄(むだ)なくついた筋肉で絶妙(ぜつみょう)に引き締(し)まっているのがわかる。天を衝(つ)くような髪(かみ)は濃(こ)い朱色(しゅいろ)。短いのかと思ったが、首の後ろでひとつに括(くく)った髪束(かみたば)が神気でうねっているのを認めた。

くすんだ金色の双眸は一点の曇(くも)りもない。肩(かた)は剝(む)き出しで、袖(そで)のない黒い衣装は体の線にそっている。白い腰(こし)布の下には鎧(よろい)。機動性を重視したような変わった出(い)で立ちだ。額に巻かれた白い領巾(ひれ)だけが、妙(みょう)にそぐわない印象を与(あた)えた。

しかし、何よりも晴明の目を引いたのは、彼が背負う大剣だった。

神将の背ほどある幅(はば)の大剣。長身の神将とほぼ同じ大きさで、彼はその柄(つか)に馬手(めて)をかけている。

晴明は息を詰(つ)めた。あんな太刀(たち)で向かってこられたら、逃げる間もなく一刀両断だ。

青年は背から大剣をはずすと、その切っ先を無造作に晴明に据(す)えた。

大きさから察するに、相当の重量であるはずだ。にもかかわらず、神将は片手で軽々とそれを構えているのである。

切っ先が捕(と)らえているのは晴明の喉笛(のどぶえ)だった。剣気に呑(の)まれて晴明は動けない。

これまでに会ったどの神将たちよりも、かもし出される通力が強く、激しい。

放たれる神気は熱く、仄(ほの)かに赤みを帯びている。となれば、これは火将だ。

晴明に剣を向けたまま、彼は厳(おごそ)かに口を開く。

「我らを使役にと望む人間よ。お前に質(ただ)すことがある」

晴明は、無言で頷(うなず)く。鋭利(えいり)な眼光は逃(のが)れることを許さない。

「我が手に在るは、唯一(ゆいいつ)我が身に託(たく)された力の具現。お前に、この責をともに担(にな)う覚悟(かくご)があるか」

大剣の切っ先が、神気を受けて鈍(にぶ)く輝(かがや)いたように映った。

晴明は眉根(まゆね)を寄せる。

「責、とは…？」

青年の厳粛な言霊が響く。

「我が身が負うのは、裁定の責務。これは、道を違えた同胞を葬るための、神将殺しの焔の刃」

眼前に据えられた切っ先を睨んで、晴明は唸った。

「……覚悟、だと…？」

晴明は、固唾を呑んだ。

一度深呼吸して、胸の中で繰り返す。

神将殺し。

十二神将中、唯一この男に課せられているという大任。それを、神将を従えたくば、己れともども負えという。

晴明の目つきが険しくなった。

「……十二神将とは、仮にも神の末席にその名を刻むものではないのか」

「いかにも」

凛と応じる青年に、晴明の眼光が更なる激しさを帯びる。

「末席とはいえ、その座に名を連ねる神たるものが、人間風情に、いざというときに下される決断の責を、押しつけるのか」

青年は、瞬きをした。まじまじと晴明を眺めやり、すっと半眼になる。

「――なんとでも」

射すくめられて、晴明の胸が冷えた。ここに来るまでに体力はほとんど使い果たされている。

この青年の神経を逆撫でして攻撃されたら、持ちこたえられる自信はない。

にもかかわらず、傲然と放たれた問いに、晴明は反発した。

「そもそも、神の末席に連なるほどのものが、道を違えるのか。そんなことはあってはならないだろう、神ならば」

するとと青年は、冷ややかに笑った。

「ほう……。神ならば違えない、か」

「違えるような神に、意味があるか」

それは彼の本音だった。が。

「――人間」

静かだが凄味のある声に、晴明は気圧されて押し黙った。くすんだ金色の双眸が烈しく光る。

「我らを生み出し、神となしたのは人間だ。我らが道を違えることあらば、それは貴様ら人間の意を受けて以外にはありえない」

神将の全身から、陽炎のような闘気が立ち昇る。

「我らを使役にと望む人間よ。貴様に課せられるのは、我らの生死ではない。貴様自身がどのように生き、どのように己れを律するか。ただその一点だ」

大剣の切っ先が晴明の喉に迫る。

「人間とは、偽りを吐き、狡猾に立ち回る生きものだ。己れより秀でた者をねたみ、優れた者を憎み、恵まれた者を恨み、嘘なき者を嘲り、心ある者を虐げ。抜きん出ようとする者を叩き、引きずり下ろし、踏みつける」

青年の言葉はどこまでも静かで淡々と綴られる。しかし、まるで白刃のように鋭く、容赦がない。

晴明は唇を噛んだ。

彼の言うとおり、人間という存在は、生き汚く、卑怯で浅ましい。

神将が、喉の奥で笑った。

「力を欲しながら、それに課せられる責からは逃れたいと言う」

刃から放たれる剣気が喉に触れる。肌がざわつき、呼吸がままならなくなる。

晴明は固唾を呑んだ。心臓が跳ねている。背に冷たい汗が落ちていくのが分かる。

神の末席に名を連ねる青年が、冴え冴えと断言した。

「そのような卑怯者に、誇り高き十二神将が従う道理はない」

どくんと、胸の奥で鼓動が跳ねた。

晴明の脳裏に駆け抜けていく光景がある。

権力を求めて互いに策をめぐらし、政敵を陥れ蹴落としていく貴族たち。

異形の血を引いているという晴明を蔑みながら、その力だけは利用しようと擦り寄ってくる。

神将の言葉どおり、人とはどこまでも卑怯で、狡猾だ。

だから晴明は人が嫌いだ。憎んでいるといってもいい。

自分に半分流れている人の血を、心の底から疎ましく思う。

けれども彼は人と化生、両方の血を継いでおり、狭間には在れても完全にあちら側に行くことはできなかったのだ。

それをするには、彼は現世に長く留まりすぎた。

人は、七つまでを神の内という。七つを過ぎれば神から離れて人となる。

化生の血を受けた息子が、それでも人として生きられるようにと父は願い、此岸と彼岸の狭間を知る陰陽師賀茂忠行はそれを受けて、彼が此岸に留まれるよう力を尽くした。

だが、それは本当に晴明の救いになっていたのだろうか。

身の内にある化生の血が闇を見たいと望んでいる。その声は日ごと大きくなって、彼を此岸でも彼岸でもない闇の淵に引きずり込もうとする。

化生の女を拒まなかったのは、晴明の内にある化生の性だ。狭間にいることに飽いた、晴明の本心だ。

固く握り締めた拳を震わせる晴明を見据えたまま、神将はどこまでも冷淡に言の葉を継いだ。

「人間よ。貴様たちは、まるで呼吸をするがごとくに偽りを吐き、同胞を欺き、陥れる」

晴明は唇を噛む。そうだ。それこそが、人という生き物の本質。

言葉は言霊。そこには確かな力が宿る。にもかかわらず人は、一度発した言葉を容易く翻す。言葉と心が合致することなく、そのことに何も感じない。

「同胞のみならず己れすらも欺き、真というものを見失う。そのような者が、久遠の時を生きる我らを従属させるだと？　——笑わせるな」

喉に突きつけられた切っ先よりも、神将の放つ言の刃は鋭く、晴明の心に深々と突き刺さった。

人は簡単に言葉を違え、心を違える。笑いながら他者を蔑み、嘲り。それで潰れていく様を愉しみ、そこに我が身の幸いを見出すのだ。

これほどに醜い生き物がほかにいるものか。

晴明とてそれを知っている。誰よりも痛烈に感じている。だからこそ、己れの内にある人の血を呪い、疎み、忌み、嫌いつづけてきたのだ。

「…………」

ふいに、晴明の心が凪いだ。

神将を見返す双眸が、感情の波を失って凍りつく。

人ならざる十二神将は、晴明が常に抱えているどす黒い負の念を暴き立て、それをすべて突きつけている。

神なれば、心の内を読むことなど造作もあるまい。

晴明の瞳から一切の色が掻き消えた。それを認め、神将は刃を僅かに引く。

「ここに来るまでの間、我が同胞たちは約定を交わした。未来永劫決して違えられることはない。――人間よ」

ひときわ烈しい言霊が、晴明の心を貫く。

「言葉も心も容易く違える生きものよ。万一この剣が同胞を葬ることあらば、それは貴様の心が約定を違えたからにほかならない」

つい先ほど、神将が放った言葉が晴明の脳裏に甦る。

――我らを生み出し、神となしたのは人間だ

聞き流していたが、よくよく考えればそれは驚くべき事実だった。

神の名を冠する十二神将を、生み出したのは人であるというのだ。

晴明は、我知らず口を開いていた。

「……ひと、が……」

精悍な相貌が不審気な表情に彩られる。

「……十二神将を、人が生み出した、と、言うのは……」

狡猾で醜い人が、このように高潔な存在をいかにして生み出したというのか。

十二神将は厳かに答える。

「人の言霊が我らを生み出し、性状をさだめた。言わば我らは人の子だ。ゆえに、容易く道を違える人の心を是とすることは、許せない」

晴明は、瞼を震わせた。

許せないと、彼は言った。許されない、ではなく、許せない、と。

それは、晴明自身が抱いている感情と同じものだ。

力なく瞼を閉じ、うなだれる。

烈しい嫌悪感を持ちながら、それでもそこから離れることのできない己れ自身が、疎ましくてならない。

人とのかかわりなど持つものかと思って生きてきた。心を許すことなどあってたまるかと。誰かのために何かをすることなど、本当はしたくない。

上辺でどれほど取り繕っても、誰もが心の奥では考えている。

化生と人との子など、おぞましい、汚らわしい、恐ろしい。

その血のせいで晴明は常人より遥かに聡く、彼らの本音を正確に読み取ってしまえる。そして人々は、それを察して更なる怖れと嫌悪を抱くのだ。

「いま一度問う。人間よ」

晴明は、のろのろと神将を見返した。

「我に課せられしは裁定の任。神将殺しの力を、それとともに負わねばならない責を、受けるか」

苛烈な眼光に射貫かれて、反射的に晴明は答えようとした。

そんなもの、負ってたまるか。

「…………っ……」

なのに、声が出なかった。唇は確かに動いたのに喉の奥で絡まって、音にならなかったのだ。

晴明を止めたのは、脳裏をよぎった儚げな面影だった。

彼はひどく狼狽した。なぜだ。こんな状況下で、なぜ彼女の面差しが浮かぶのだ。

そうして、気づく。

人間など大嫌いだ。人とのかかわりなど極力持ってたまるか。厄介ごとなど、抱え込むのが愚かなのだ、見て見ぬふりをすればいい。ずっとそうしてきた。関係はないと目を逸らし耳をふさいでいればいつか過去のことになり、人々の記憶からも消えていく。それだけの話だ。

そうやって、誰の心にも残らず、留まらず、いつか霧のように泡のように、人の世から姿を消すのだと、漠然と考えていた。

なんの未練も後悔も抱くことなく、消えても誰の口の端にも上ることのないように。

人の世界が光の領域ならば、化生の棲むあちら側は闇の領域。

晴明は常に黄昏に在った。一歩踏み出せば、そこはもはや闇の、魔の領域。

これまでにくだした十二神将たちの面差しが次々に浮かんでは消えた。

彼らは神の名を冠する存在。人々の生み出したもの。人々の心が、正の光が生み出したもの。

それは、晴明のような者が、手を触れてよい存在では、ない。

「…………」

我知らず、彼は足を引いていた。恐れがあったわけではない。強いて言うなら畏れの念だ。

がむしゃらにここまで突き進んできた。神将を使役に。ほかには何も考えず。

神将を使役となし、あのばけものを、恐ろしい異形のものを倒すため。神将の神通力ならばそれもかなうであろうと、思って。

しかし、目の前にいる青年は、晴明の目を覚まさせた。

使役となして。では、その後は。

十二神将を式とする者には、未来永劫彼らを従えつづける義務が生じる。

式にくだすとはそういうことだ。晴明の命ある限り、神将たちは彼の使役の任から逃れられない。

その力を自在にできる代わりに、時にはその存在を抹消させるか否かの裁定の責すらも負うことになるのだ。

誇り高き十二神将。彼らの矜持は、眩しすぎる。自分には、彼らを従える資格などありはしない。

晴明は人を嫌っている。忌んでいる。

否、憎んでいる。

そんな者が、どうして裁きなどできようか。

「――――人間よ」

それまで沈黙していた神将の双眸が、苛烈にきらめいた。

「貴様はいま、逃げた。それが答えか」

晴明は答えられない。逃げたわけではない。しかし、自分の心はいま確かに、背を向けようとした。

傲然と立つ青年の全身から、陽炎にも似た闘気が迸る。

闘気の生んだ風が晴明の頬を打つ。まるで炎に煽られたかのように熱い。

大剣を片手で軽々と閃かせ、八人目の神将は宣告した。

「貴様は我が主に値せず。責から逃れようとするばかりか、己が心に偽りを抱き、それから目を背けている」

大剣の切っ先が鈍く光った。

「かわされた約定は、貴様の命尽きるときまで違えられぬもの。ゆえに、この場でその命脈を絶つ」

その台詞は、まるで氷の刃のように耳朶に突き刺さった。

晴明は完全に呑まれて動けない。

神将の判断は、おそらく正しい。

自分のような者が十二神将を使役とすれば、いつか禍をなすことになる。

人の子とも言うべき十二神将を使って、いつか人に仇をなす。

それを回避するために、この青年は晴明の心の奥を暴いて突きつけた。

同胞を守るために。その矜持を保ち、誇りを汚さぬために。

晴明は息をついた。

どうしようもなく疲(つか)れた。もうくたくたで、何も考えたくない。
ここですべてが終わるなら、もうそれでいい。
未練も後悔(こうかい)もない。ずっとそうやって生きてきた。
そう、望みも願いも、何も。
神将が大剣を振(ふ)りかざす。
その刹那(せつな)、耳の奥でか細い声がした。

——これが私の天命なのでしょう……

晴明の双眸に、かすかな光が宿った。
未練も後悔も抱くことなく、誰(だれ)ともかかわらないように生きてきた。
この身に流れる異形(いぎょう)の血。
それは変えることのできない宿命。
人と化生(けしょう)の狭間(はざま)で揺(ゆ)れる。
それはときに彼を翻弄(ほんろう)する運命。

ならば、天命とは。

抗(あらが)うことをやめれば、天はその心を見放すだろう。何もせずに嘆(なげ)くだけの者を、天は決して救わない。

では、天命だと泣く者は、それを覆(くつがえ)そうと足掻(あが)くことをなぜしないのだ。

晴明は知っている。

決して変えられないものであると、信じてしまっているからだ。

変えられないのだと思うその心が、天命を天命たらしめんとするのだ。

諦(あきら)めてしまった心では、覆すことはかなわない。

晴明は拳(こぶし)を握(にぎ)り締(し)めた。

人間など嫌(きら)いだ。互(たが)いに偽(いつわ)り、欺(あざむ)き、傷つけ、陥(おとしい)れ、上辺だけを取り繕(つくろ)って真の欠片(かけら)も見出(みいだ)せない。

だが。

「……こんな、ところで…」

低い唸(うな)りを聞きとめた神将の大剣が止まった。

晴明は、青年を睨(にら)んだ。

どうしようもない感情が胸の奥で渦巻(うずま)く。これほどの激しさが自分にあったと、彼はいまこの瞬間(しゅんかん)まで知らなかった。

「確かに、人は醜く愚かしい生きものだ。誰よりも、私はそれをよく知っている。だが……！」

かの姫は、涙したのだ。天命だと諦めて、己れのために何もしてくれるなと訴えた。

それは、晴明を巻き込みたくないという思いゆえではなかったか。

「それだけではないと、私は知っている。愚かでも、汚くても、誰かのために泣き、人を思いやり、情を向けることのできる生きものだ」

「それがなんだという？　貴様自身がそうであるとでも？」

冷徹な言葉が耳朶に突き刺さる。晴明はぐっと言葉を呑み込むしかできない。

「答えられない。それこそが答えだ」

「――――っ！」

固く握り締めていた拳を開き、晴明は胸の前で結印した。

大きく息を吸い込む。

答えることはできない。だが、いまはそんなことを問答している時ではない。

立ちはだかる神将の持つ大剣、その切っ先を睨み、晴明は叫んだ。

「それでも、私は十二神将を式にくだすためにここまで来た！」

「なんのために」

あくまでも問うてくる青年に、晴明は激して怒号する。

「何度も何度も同じことを言わせるな！　ばけものを倒すためだ！」

残る力すべてを振り絞る。

なんとしてでも押さえこみ、言質を取って使役にくだす。

「――――オン！」

晴明と神将を囲むようにして、光の魔法陣が瞬時に描かれる。

青年の視線が走る。一瞬気が逸れた。

素早く印を組み替えながら呪文を詠唱する。

「謹請甲弓山鬼大神、此座降臨影向し邪気悪気を縛り給え！」

晴明の手元を見て、神将は呟く。

「槍之印。……神将相手に縛魔之秘伝とは、舐めた真似を」

晴明は目をすがめた。手の内が完全に読まれている。だが、ここで止めるわけにはいかない。

「謹請天照大神、邪気妖怪を退治し給へ！」

日の印から天結の印へ。

「天之諸手に縛り給ひ……っ」

一瞬、目の前が真っ暗になった。頭の芯がぐらぐらと揺れて、意識の焦点が定まらない。

限界だ。

気力のみで保っていた膝がついに砕けた。

膝と手を同時に地について、晴明は大きく肩を上下させた。

呼吸が荒い。不自然な迄に激しく、冷たい汗がどっと噴き出して額を濡らしている。

いままで経験したことのない寒さが晴明の全身を襲った。

耳の奥でごうごうと音がする。瞼を開いているはずなのに、目の前が徐々に暗くなっていく。

暗くなった視界に、接近してくる足先が見えた。

体が重く、頭をもたげることもできない晴明は、唐突に思った。

ああ、やはり裸足なのか。

脛当ては足首までで、その先は素足が剝き出しなのだ。

眼前で足が止まる。ひゅうひゅうと喉を鳴らしながら呼吸している晴明に、神将は問うた。

「人間。貴様が我ら十二神将を使役にと望む、そのわけは」

この期に及んで、まだそんなことを。

猛烈に腹が立った。

晴明は、やっとの思いで吐き出した。

「……ばけものを、倒すためだ、と…言った……っ！」

晴明を見下ろしていた神将は、一度瞑目した。

再び開かれた双眸は、形容しがたい色を宿しながら、膝をついてうつむいている人間に注がれる。

彼は大剣を掲げた。

「——偽り多く人を欺く者に従う、道理はない」

晴明は拳を握り締めた。

偽ってなどいない。自分は真実しか口にしていない。

「……私は……っ…！」

やっとの思いで顔を上げた晴明の視界は、突如生じた金色に埋め尽くされた。

晴明は息を詰めた。鮮やかな金。まるで絹糸のような。

振り下ろされる大剣。それを手にした神将が、愕然と目を見開いている。

その大きさからして、剣の重量は相当なものだろう。そこに勢いがつけば、彼の膂力がどれほどのものであっても、それを殺すことは難しいに違いない。

が、神将は大剣を全力で止めた。

「………っ…！」

ぱきんと、音がした。

何かが降ってくる。とさりと落ちたそれは、真っぷたつになった、牡丹を模した髪飾りだった。

結い上げられた房が支えを失って落ちる。

金糸のうねりが晴明の頬を撫で、彼は茫然と呟いた。

「……天……一……？」

現れたのは、既に式にくだした十二神将、天一だった。

晴明に背を向け、両膝をついて諸手を広げている。まるで、主をその身をもって守るかのように。

未だ名も知らぬ十二神将の大剣は、天一の髪飾りを割りながら、それでも髪一筋の隙間を残して止まっていた。

天一は身じろぎひとつせず、同胞をまっすぐに見つめている。

一方の青年は、血の気の引いた顔が青を通り越して白くなっていた。

大剣を握る右手が小刻みに震えている。よくよく見れば、突き出された左腕が、大剣を受けとめていた。

青年の左腕の防具が、小さな音を立てながら砕け散る。筋と血管の浮き出た腕に朱色の筋が走り、そこから流れた赤いものがぱたぱたと滴り落ちた。

それを認めた天一が大きく目を見開いて口を開きかける。

「……っ……」

青年は一度大きく息を吸い込んだかと思うと、やおら大剣を放り出した。

派手な音を立てて得物が転がる。

思いがけない青年の行動に目を瞠った晴明は、彼が次に起こした行動に仰天した。

「なんてことをするんだ、天貴っ！」

声を荒げると同時に、彼は天一の頬に両手を添えて半ば乱暴に引き寄せる。

「怪我は、怪我はないか!? ああ、剣を止めるのがあと一息遅れていたら、俺は我が身を呪うばかりか、この首を掻っ切っても飽き足らない！」

声まで蒼白にして、無残に崩れた天一の結髪に触れ、傷のないことを指先で確認する。

彼女の額に自分のそれを押し付けて、青年は肺がからになるまで息を吐き出した。

「なぜこんな無茶をした……!?」

振り上げた剣の前に出るなど、正気の沙汰ではない。

青年の手に自分のそれを重ねて、彼の腕の傷をそっと押さえるようにしながら、天一は静かに口を開いた。

「あなたが、似合わない悪役のような真似を、いつまでもやめようとしないから」

青年ははっと息を呑む。

「もう、あなたの心は決まっているのでしょう？　なのになぜ、晴明様を追い詰めるような物言いを……」

「天貴、天貴」

青年は頭を振って、天一をひしっと抱きしめた。

「それ以上は言ってくれるな。これは、どうしても問いただしておかなければならないことなんだ」

天一は彼を押しやり、悲しげに眉をひそめた。

「晴明様が私たちを使役にと望む理由は、もう伝えられているはずよ？　それ以上、何があるというの？」

「いいや、まだだ」

言い切って、彼は天一の背後にいる晴明に目を向けた。

「この男は、己れの心を偽っている」

怪訝そうな面持ちで振り返った天一は、膝をついたままの晴明を見つめた。

「偽り……？　本当なのですか、晴明様」

晴明は答えなかった。

否、答えられなかったというほうが正しい。

目の前で繰り広げられた展開に、呆気に取られていたために。

無言で見上げてくる晴明に、青年が半眼になった。

「天貴が問うている。答えろ、人間」

「…………」

晴明の目が据(す)わった。こいつ。

のろのろと手をあげてふたりを指差し、晴明は口を開いた。

やりたくはないが、一応念のため、確認しておかなければならない。

「……ひとつ、訊(き)いてもいいか」

「貴様が天貴に答えてからだったら、答えてやらないでもない」

晴明の眉が跳(は)ね上がる。こいつに訊いても進展はないと瞬時(しゅんじ)に判断し、視線を天一に移す。

「お前たちの間柄(あいだがら)は、どういう……」

美貌(びぼう)の少女は、はにかんだように微笑(ほほえ)んだ。

その表情が、千の言葉を並べるよりも雄弁(ゆうべん)に語っている。

「…………」

神将といえど、性別があり性情がある。

神代(かみよ)から男女の色事は事欠かないのだから、十二神将が同胞(どうほう)の内でそういう間柄になっていたとしてもなんら不思議はない。

不思議はないが、この切迫した状況下で見せつけられては、晴明でなくても不穏な心持ちになろうというものだ。

どす黒い感情が胸の内で渦巻いている晴明に、気遣わしげな面持ちの天一がついと両手をついた。

「申し訳ありません。どうぞ、お怒りをお静めください」

肩越しに青年を一瞥し、彼女は哀願する。

「これに在る同胞は、我ら十二神将の命運を左右する重責を担っております。それゆえに、心にもなき事を言い放ち、そのお心を見定めようと……」

「天貴」

響いた声音に、天一ははっと息を呑んだ。

振り向くと、青年の表情は彼女に向けていたものからがらりと豹変し、冷徹なものになっていた。

「いくらお前でも、それ以上の口出しは無用だ。下がれ」

その語調は決して厳しいものではなかった。だが天一は叱責を受けたようにうなだれて、黙然と青年の背後に引き下がった。

晴明は、少々驚いていた。

これまでのやり取りから、天一に対して青年は滅法弱いように思ったが、それだけではないらしい。

それにしても。

てらいもなく愛しい者に触れ、胸の内を伝え、それをまっすぐに受けとめ、同じものを相手に返す。

そのような間柄が、この世に真実存在していたとは思わなかった。物語や歌の中くらいでしか見たことがない。

皮肉な話だ。

人の世にはないものが、人の子であるという、人の想いで生まれたという十二神将の中には存在しているのか。

晴明の口元に、歪んだ笑みが浮かぶ。

否、存在していないからこそ、思い、願い、望むのか。

愛だの恋だのといったものは、ただの幻想だ。誰もがその言葉で騙し、騙される。騙された己れを嘆き、儚み、時には相手を恨み、憎み。

冷めた顔の晴明に、神将は口を開いた。

「貴様が我ら十二神将を使役にと望む、そのわけは」

晴明は目眩を覚えた。

この青年は、戯けか。神将でも頭の出来はそれぞれで、その中でもとりわけ程度が低いのか。

それでも、射るような鋭い眼光が答えろと告げている。

晴明は舌打ちした。

「だから、何度も何度も言っただろう！　ばけものを…」

「違うな」

さえぎって、青年は腕を組んだ。

「俺は何度も言ったはずだ。人間は己れを偽り、欺き、騙すのだと。貴様が貴様自身を偽っている限り、欺いている限り、俺は使役にはくだらない」

くすんだ金色の双眸が光る。

「己れを欺く者に、我等の命運を任せられる道理はないからな」

晴明を見下ろしながら、彼は言い放つ。

「偽りなき真の言葉をもって答えろ。我等を使役にと望む、そのわけは」

度重なる問いかけに、晴明は怒りを突き抜けて開き直っていた。

しかし、もはやそれを通り越し、困惑した。

「………どういう、意味だ…？」

「この期に及んで言い逃れか、見苦しい」

眦を決して詰め寄ってくる青年に、晴明は頭を振る。

「いや、本当に……」

あのばけものは、自分の力だけでは倒せない。強大な式が必要だ。そう、神の名を冠する、十二神将ほどの存在が。

そう思った。だから召喚の術を行い、天空によってこの地へ誘われ、神将たちと対峙してきたのだ。

「……もしかして…」

眉を怒らせている青年に、背後に控えていた天一がそっと手をのばした。

振り返る青年に、彼女は静かに告げる。

「本当に、お気づきではないのかもしれないわ……」

「……」

青年は瞠目して晴明を振り返った。

彼らの言葉と視線の意味がわかりかね、晴明は胡乱に目をすがめる。

「……まさか、本当に？」

「ええ、おそらく。天后もそのようなことを言っていたのだけれど、でもまさかと…

…」

晴明の目が据わる。

天后。五番目にくだした神将だ。

ふと、彼女の台詞が耳の奥に甦った。

――……いずれ、わかるときがくるでしょう

あれは、どういう意味だったのだろう。

彼女はなぜ自分の使役に下ることを承諾したのか。

それは、いま天一や青年が言っている事と、もしかして同じ事なのかもしれない。

果たして晴明の内に、彼自身も気づいていない何があるというのか。

晴明は片手をあげた。

「頼む、私にわかるように説明してくれないか」

天一は困惑した素振りで青年を見上げた。青年は渋い顔で腕を組む。先ほど左腕に負った裂傷は、未だに出血している。それに気づいた天一がその傷に手をのばしかけるのを、青年はやんわりと制して目を細めた。くすんだ金色の瞳は、驚くほど優しい。

青年は傷に手のひらを当てた。そこに彼の神気が集まっていくのが感じられる。

「…………」

目と目で会話をするというのを、晴明は初めて目の当たりにした。

この世の中に、言葉もなく意思の疎通のできる間柄というものが真実存在していたとは、知らなかった。あれは夢物語や幻想世界にのみ存在する特殊な技ではなかったのか。

青年が手をのけると、腕にあったはずの傷は、かすかな痕を残すのみとなっていた。

神将たちは多少の傷ならばこうやって自力で治癒できるのか。

あれは、他者に応用できないものだろうか。

無言で考えている晴明に、天一が静かに微笑んだ。

「晴明様は、ご自身の心を見誤っておられます」

「違うな」

天一の言葉に異を唱え、青年が断言した。

「この男は誤っているのではなく、未知のものであるがゆえに戸惑っているのさ。真実を知ることが恐ろしく、それを知ることに怯え、己れに理解できる別のものにすり替えている」

青年の口上を聞いていた晴明は、ふつふつと怒りが舞い戻ってくるのを感じた。

意表をつかれてどこかに吹っ飛んでいたが、彼らの語る言葉はいちいち晴明の癇に障る。

何が言いたいのかがまったく見えない。思わせぶりな言葉をただ並べて、混乱させることが目的なのではないかと勘繰りたくなってくる。

晴明の目が剣呑に据わった。

「……いい加減にしろ。わけのわからないことをさっきから延々並べやがって」

普段は幾分か気をつけている言葉遣いが荒くなる。陰陽師は言霊を操る。荒い言霊は己れ自身を粗雑にしてしまう。

が、そんな大義を重んじる心の余裕がいまの晴明にはない。

「いくら使役に下るのが嫌だからといって、煙に巻くような物言いをして貴様に何の得がある」

すると、青年は静かに反論してきた。

「心外な。嫌だといった覚えはないぞ」

「だったら！　……なに？」

怒号しかけて、晴明はふと眉根を寄せた。

いま、なんと言った。

腕をといて、先ほど放り出した大剣を拾い、青年は晴明に向き直った。

「人間。俺は貴様に幾度となく問うた。だが、使役に下ることを否と、一度でも言ったか」

神将とのやり取りを脳内で反復する。

確かに、拒絶に近い言葉や、弾劾のような厳しい物言いはあったが、直接的に否とは一度も口にしていない。

「お前たち人間もよく言っている。言葉は言霊。言霊の真は、一度でも口にすれば取り消すことのできないものだ」

大剣を背に収め、彼は晴明をひたと見据えた。

「心の奥底にあるものを暴くのは本意ではないが、このままでは本当に気づかないまま終わりそうだからな」

少し後ろに控えていた天一が声を上げかけたのを気配で察した青年は、片手をあげて制した。

「荒療治が必要だろう。これより我らの主として、神将殺しの重責も担わねばならない男だ。心の動きに疎いようでは、いつか約定を違えるときが来る」

そうして青年は、晴明に険しい視線を据えた。

「汝の名を述べ、我が名を呼ぶがいい。誤ることは許されない。名は我らの力の源、性状を表すものなのだから」

「……いきなりそうくるか」

「契約を交わしたのちに、教えてやろう。貴様自身が見誤っている、その心にある真実を」

晴明は苛立ちと呆れのない交ぜになった息を吐き出した。

相変わらずこの男が何を言わんとしているのかはわからない。だが、せっかくその気になっているのだ、この機を逃す手はない。

努めて深呼吸をして、晴明は考えた。これは誰だ。残る神将は五人。

青年をしみじみと眺める。

背負った大剣、肌にぴったりとした衣服は動きを制限しないように機能的。腰にまとった鎧、手足に防具。あの大剣を自在に操り、戦いに長けた様子。闘将と呼ばれる者か。

双眸はくすんだ金。片方の耳にだけ、獣の牙のような耳飾りを具えているのが印象に残る。

晴明は、彼の髪に目を戻した。

張りのある、赤い髪。まるで、燃え立つ炎のような。そして、彼の放っていた熱い神気。

何かを想起させる。

赤。紅。——朱。

同胞殺しの任。裁定。なぜこの神将にその責があてがわれるのか。それは、彼の持つ力に由来するのではないか。

水は罪穢れを洗い浄める。だが、もはや水将はふたりとも使役に下った。

これまでに下した神将たちのことを思い返す。

水ではない。ならば、いかなるものをも浄化する力を持つのは、火だ。

いままでひとりも、火将はいない。ならば。

晴明は深呼吸をした。

「——我が名は安倍晴明。我が使役となりて我に従え。汝の名は、十二神将、朱雀！」

ざわりと、青年の体が熱気をはらんだ闘気に包まれる。

くすんだ金色の双眸がきらりと光る。

彼は鋭く笑った。

「いかにも。我は十二神将、火将朱雀。神将殺しの任を担い、同胞が道誤りしときあらば、この焔の刃をもってそれを糾す者よ」

晴明は、自分でも驚くほど深く息を吐き出した。これほどに安堵したのかと、いまさらながらに思い知る。

「安倍晴明。これよりはお前が我が主。万一我ら十二神将のいずれかが道を誤りしときあらば、俺はお前の意思を問う。その責を逃れることなかれ」

晴明は頷いた。

「わかった。……できれば、そのようなことがないように願いたいものだ」

朱雀は皮肉げに笑う。

「それはお前たち人間の心次第」

「どういう意味だ」

「言葉のとおりだ。十二神将が自らの意思で理を犯すことはない。断じて」

言い切る朱雀の双眸には、反論を許さない強い光がある。

晴明はそっと息をついた。ここでこれ以上言い争いをしても、意味はない。

額にじっとりとにじむ汗を手の甲で無造作に拭い、話題を変える。

「先ほどの話のつづきだ。私が見誤っているというのは、一体どういうことだ」

朱雀と天一は一瞬視線を交差させた。

晴明がぴくりと眉を動かす。彼らのそういった仕草のひとつひとつが無性に癇に障る。自分でも過剰反応していると思うほどに。

それまで後ろに控えていた天一が、優雅な所作で進み出た。

「晴明様。翁や天后、そして我々が、あなた様にお仕え申し上げようと心を決めたのは、あなた様がばけものを倒したいと仰せられたからではありません」

「――――」

完全に虚をつかれて、晴明は絶句する。では、なぜ。

「力のみを欲するような者に、我らを従わせることはできません。力を欲する者は、いずれその力に惑わされ、呑み込まれてしまう。我らの持つ力は、心弱き人間には到底扱えぬもの」

そこには、常に誘惑があるのだ。

彼らの力を悪に使えば、世界を手中に収めることもでき得るのだ。己れの分をわきまえた者はごく僅かで、ほとんどは力に呑まれ、己れを見失い、自滅した。

過去、彼らを召喚し、その力を欲する者はあまた存在していた。己れの分をわきまえた者はごく僅かで、ほとんどは力に呑まれ、己れを見失い、自滅した。

「我々は、自らが諸刃の剣であると、心得ております。そして我らの主は、その剣を包む、鞘のごとき資質を具えた方でなければなりません」

たおやかな風情の天一が淡々と語る。しかし、その内容はこの上もなく厳しい。

まるで、お前にその資質があるのかと問われているかのように感じられる。

朱雀は腕を組み、黙然と晴明を凝視している。一切の迷いがない双眸だ。どこまでも鋭く、深く、晴明という人間の心に切り込んでくるかのような視線。

天一や朱雀だけではない。神将たちはみな、この瞳で晴明を見ていた。

彼らが真に探っていたのは、何よりも晴明が『鞘』に値するか否か、その一点だったのではないか。

ならば。

「……」

ふいに晴明は、自嘲するように小さく唇を歪めた。

諸刃の剣を包める鞘。それは、十二振りの鋭利な刃を受けとめ、包み、正しく使いこなせる度量を持っている者という意味だろう。

晴明は、己れがそんな高尚な人間ではないことをよく知っている。

朱雀の口から語られたように、人間の闇と呼ばれるものを、ほぼすべて抱え込んでいるような最低な男だ。

「……なぜ、そのような冥いお顔をなされるのですか」

晴明は、うつむいたまま目だけを天一に向ける。

はっと息を呑んだ。天一が穏やかに微笑んでいる。

「我らが主に求めるは、鞘たる資質と申し上げました。私も、朱雀も。翁も、ほかの者たちも、晴明様にそれを見出したのです」

「だが……。では、使役に下ったわけは、なんだと」

天一の横に朱雀が進み出る。彼は朗らかに笑った。

「天貴、もういい。こいつには回りくどい言い方では伝わりそうにない」

美貌の神将は小さく頷いて、あとを恋人に譲る。

「晴明。お前はばけものを倒したいから我ら十二神将を使役に望むのだと言った。そして、姫のためではなく、自分のためだと太陰と白虎に告げていたな。だが、そうではないだろう」

ついと晴明を指差して、朱雀は晴れやかに言った。

「ばけものを倒すためではなく、いとしく思う姫を救うため。確かに姫のためではない。姫を救いたい自分のためだ。それが、お前自身もまったく気づいていなかった、お前の真の心だ」

晴明は、瞬くこともできずに朱雀を凝視した。

「…………………………………………は？」

呆然と呟いて、晴明は思わず額に手を当てた。

ぐらりと視界が揺れる。感銘を受けたからではない。あまりにも突拍子もないことを自信たっぷりに断言されて、疲労とは別の目眩を起こしたのである。

一応それなりに期待していた晴明は、そんな自分の愚かさを呪い、叱責した。

色に惑っているのはお前のほうだろうと罵声を浴びせたいのを、忍耐力を総動員して自制する。こんなくだらないとちくるった論理をぶちあげるような男の言葉を、少しでも聞こうとした自分がばかだった。金輪際神将のいうことになど耳を貸すものか。

怒りに肩を震わせている無言の晴明に、朱雀は目をすがめる。

「言いたいことがごまんとありそうな顔だな」

「……己れの愚かしさを悔いているだけだ」

つい乗せられて、時間を無駄にしてしまった。

十二神将朱雀は使役となったのだ。ならば、いつまでもここで無駄な会話に労を費やす理由はない。

次の神将を捜そうと身を翻しかけた晴明に、皮肉な目をした朱雀は冷たく言い放った。

「逃げるのか」

晴明の足が止まる。青年は嘲るようにつづけた。

「分が悪くなると背を向け、真実から目を逸らす。そうやって生きていても、これまでは何ひとつ不都合はなかっただろうさ。お前がそうしている以上に、誰ひとりとしてお前のことをまともに見ようとしていないのだから」

「なにを…！」

思わず振り返り、怒りに燃える眼で睨んでも、朱雀は涼しい顔で動じない。

「だが、安倍晴明。お前は我ら十二神将を従える、唯一絶対の主となった。それがどういうことかわかっているのか」

「……っ」

勿論わかっていると、言いたかった。しかし、意に反して声にならない。

怒りのあまり青ざめる晴明に、朱雀は容赦がない。

「俺たちが見るのは、お前の取り繕った上辺ではなく、偽りの顔でもなく、虚飾に彩られた言葉でもない。お前がひた隠した、押し殺した、お前自身も見失ってしまった真の心だ」

「なにを……ばかなことを……！」

激昂に喉をふさがれて、晴明は両の拳を握り締めた。こんな戯れ言に、これ以上付き合っていられない。

ふっと息をつき、朱雀は語気を和らげる。

「晴明よ。ではなぜお前はそんなにも怒っている。俺の言っていることが見当外れの戯れ言ならば、笑い飛ばせば済む話だろうに」

「―――っ！」

今度こそ、金槌で殴られたような衝撃が晴明を襲った。

確かに、朱雀の言うとおりではないか。

やれやれといった風情で息をつき、朱雀は呆れと苦笑がない交ぜになったような顔になる。

「なるほど、翁の言ったとおりだな。人間は真を衝かれると激昂すると」

「朱雀、言葉が過ぎたわ」

やんわりとたしなめる天一に、朱雀はひとつ頷いた。

「そうだな。それについては詫びよう。だが、晴明。人間を忌み嫌っているお前が、なぜくだんの姫をそうまでして救いたいと望むのか。逃げることなく己れ自身に問うてみろ」

そうして朱雀は、夏の陽射しのように晴れやかに笑った。

「己れでは到底かなわないばけものと対峙するために、命懸けで十二神将を召喚し使役となす。そんな無謀な真似をしてでも救いたい、そのわけを」

天一に左手を差し出しながら、朱雀は視線を滑らせた。

「少なくとも俺は、心に闇しか持たない者に、この天貴を預けるのはごめんだ。そして、情を知らない心冷たき者に、仕えようとも思わない」

天一が静かに頷いて、彼の手を取りながら花がほころぶように微笑む。

ふたりの姿が掻き消える。晴明は茫然とそれを見送った。

たっぷり十五回ほど呼吸をして、額に手を当てる。

「……ええと」

整理してみよう。混乱をきたしている。そういうときは、自分自身がどういう状態で何ができるのかを振り返るのが一番だ。

ここに至るまで、使役にくだった十二神将は八名。

天空、玄武、天一、太裳、天后、白虎、太陰、そして朱雀。

天空、太裳、天一は土将。玄武、天后は水将。白虎、太陰は金将。朱雀は火将。五行の内、木以外はひととおり揃ったことになる。

そういえば、朱雀は天一をなぜか天貴と呼んでいた。天貴とは、天一のもうひとつの呼称、天乙貴人から取ったものだろうか。

「……ああ。ひとりだけに許した特別な呼び名、か…」

たとえば、物語などで、恋しい相手に戯れに互いだけの呼び名を贈り合うというのがあったような、なかったような。

「そうかそうか、ほうほうそれはそれは、なんとも仲睦まじい。けっこうなことじゃないか、いやほんとうに」

まったく感情のこもっていない声音で意味もなく呟きながら、晴明はよろよろと歩き出す。

「あとよにん、あとよにん……」

誰が誰をいとしく思っているだと。

この安倍晴明が、あの橘の姫をだと。

ばかばかしい。半人半妖の自分が。誰もが内心で忌み嫌い恐れを抱いている、妖と人の間に生み落とされたものが。

ばけものに魅入られた姫にだと。そんなことが、万にひとつあるはずは――。

ふいに、ずきりと胸の奥が痛んだ。

思わず足を止めて、口元を押さえる。

なぜ。彼女を救おうと、思ったのだろう。これまで何があっても、ここまで深入りはしなかったのに。

誰もが自分の力を頼る。力のみを頼る。力を利用して、口先では感謝していると述べながら、その目には常に恐れと蔑みと嫌悪がある。

あの安倍晴明。宮中に係わりのある者ならば、みな知っているだろう。彼が妖の血を引いていることを。橘の翁も媼も、それを知っているからこそ晴明に懇願してきた。ただの術者では孫娘を救えない。だが晴明ならば。妖の血を引く者ならば、或いは。

当然姫もそれを知っているはずだ。たとえ彼女のために死力を尽くしたとしても、命を救われたことに感謝をするだけで、それ以上のものなどあるはずがない。だから、断ろうと思っていた。

彼女の涙を、見るまでは。

「……無様に泣き叫ぶような姫なら、放っておけたのに……」

呟いて、苦く笑う。

かの姫が、我が身のことしか考えない、これまで晴明が見てきた貴族たちと同じであれば。

――どうか……私のために命を懸けることは、なさらないでください
闇を負えと。代わりに傷を負えと、それだけを望まれつづけてきた自分に、彼女は。

――……もう、誰も巻き込みたくはないのです……

「…………っ……！」

震える手で目許を覆い、唇を噛む。

巻き込みたくはない、と。

もう誰も。――晴明のことも。

これほどに。

たったそれだけのことが、これほどに。

「……ああ……そうか……」

目を覆ったまま疲れたように呟いて、口元だけで笑う。

あえて目を背けていたのは、気づきたくなかったからだ。気づいてしまえば逃げられない。そして、絶望だけが待っていることを、知っていたからだ。

頭をひとつ振って、晴明は顔をあげた。

「……あと、四人」

過ぎた望みは身を滅ぼす。

それに。

「…………」

己れの手のひらを見下ろす晴明の瞳が翳る。

この身も、心も、既に闇に染まりすぎている。
白い霧の中を歩き出す。
いまはただ、あのばけものを倒すための力を得ること。
それがすべてなのだ。

お前の力は、使い方を誤れば、お前自身の命を縮めてしまうもの。
だから、決して――。

六

◇　◇　◇

足が重い。まといつく霧が呼吸すらも阻むようだ。
霊力はほぼ尽きた。足を動かしているのももはや気力だけだ。
次に現れる神将が何者にしても、力で押さえ込むことは難しい。
――心して聞きなさい……
唐突に、師である忠行の言葉が耳の奥に甦った。

元服するよりずっと以前。まだ、晴明が己れの持つ力をまともに制御する術を持たなかった頃。

胸の辺りを押さえて、晴明は瞼を震わせた。

天后が言っていた。戦闘に特化した闘将が四名、と。これから出会う者たちは、晴明がこれまで使役に下してきた者たちより遥かに強い力を持っているということだ。

だが、それはどれほどのものなのか。天后や白虎、太陰、朱雀。彼らとて相当の神通力を駆使していた。

「あれ以上、とは……」

刹那、晴明の背を駆け上がるものがあった。遅れたように、全身が総毛立つ。本能が慄いている。

我知らず足を止め、息を詰めた。

目を凝らして周囲を探る。

白い霧の向こうに、ゆらりと影が見えた気がした。

風が霧を押しのけていく。

屹立していたのは、青年だった。

晴明は固唾を呑んだ。

長身。先の朱雀も自分よりよほど目線が高かったが、この男はそれ以上だ。目算で六尺を超えている。年の頃は晴明と同じか、少し上か。精悍な面差しに不釣り合いなあざが、右頬に浮かんでいる。髪は鳶色で、くせがなく肩よりも長い。

夜色の布を肩に巻きつけ、首元に長さの違う三本の銀輪が下がる。布の下には鈍色の甲冑をまとっているようだ。銀の鎖が腰の鎧に巻きつけられて、左腕にも太い銀輪をはめている。深い緑の衣は裾が長い。脛当ても甲冑と同じ色だがくるぶしまでしか覆っていない。やはり裸足なのか。

黄褐色の双眸には、敵意も戦意も見出せない。さざなみひとつ立たない涼やかな水面にも似ていた。

息を吸い込んで、晴明は口を開いた。

「……十二神将、闘将か」

沈黙したまま、かすかに瞳が動く。

「私がお前たち十二神将を使役に欲していると、聞いているだろう」

再び青年の瞳が動く。

「ここに至るまで、術も、根性も、忍耐力も、心の奥底も、全部見せた」

不本意ながら。

「これ以上、何をどうすればいい。力比べでも術の数見せでも口合戦でも、もうなんでもやってやる」

半ば自棄気味の晴明に、青年は初めて口を開いた。

「それは、ごめんだ」

「どれだ？」

怪訝そうに聞き返す。すると神将は、抑揚に欠ける口調で淡々と答えた。

「口合戦は苦手だ」

「……そうか」

「ああ」

「……」

晴明は盛んに目をしばたたかせた。どうにも調子が狂う。

別に本気で口合戦をしたいわけではない。ただの売り言葉だ。それに真面目に応じてくるとは予想外だった。

「ええと、では……」

これまでの対峙を思い返しながら口を開くと、神将は片手をあげた。

はっとした晴明は身構えた。来るか。

が。

「戦うつもりはない」

「ならば……」

どんな手法で晴明を量るのか。いままでとはまったく別のやり方で挑んでくるつもりだろうか。だとしたらそれはいかなるものか。

警戒する晴明に、神将はどこまでも淡々と告げてくる。

「俺は翁の意に従う」

「……は？」

思わず声を上げる晴明に、彼は静かに繰り返す。

「翁の意に従う。翁がお前の使役となるとさだめたならば、それに倣うまで」

それは晴明の意表をつく反応だった。

しばらく無言でその言葉を胸の中で繰り返していた晴明は、漸う問うた。

「それは……私の式に下る、と…？」

無言の頷き。

晴明は青年をまじまじと見つめた。随分と寡黙な男だ。必要なこと以外はほとんどしゃべらない。

十二神将には、実に個性的な陣容が揃っている。

深々と息を吐き、晴明は心底ほっとした。

この神将の本心がどこにあるのであっても、無闇に力のぶつけ合いをせずにすむのはありがたい。いま術を行使することになれば、昔師と交わした禁を破ることになる。

「では……」

青年は頷き、厳かに言った。

「汝の名を述べよ、そして我が名を呼べ。誤ることなく」

幾度も繰り返されたやり取りだが、随分気が楽になっていた。

残りは四人。間違える確率は、初期の頃より格段に減っている。だがまだ安心はできない。

これは誰だ。寡黙で、表情がまったく動かない。泰然とした風情だが、双眸に宿る光は意志の強さを映しているかのようだ。決して御しやすい相手ではない。

神将の放つ気を探る。五行のいずれか。これまでに遭遇してきた神将たちの持つ神気は、その性質ごとに違っていた。目の前に佇立する青年の放つそれは、そのどれとも合致しない。

これまでに出会ったことのない五行、木。木将はふたり。いずれか。

一際強い風が吹く。神将のまとう夜色の布が風をはらんで翻り、髪を括る金具が見えた。

少し、驚いた。この神将の鳶色の髪は、腰よりも長いのか。

何事にも動じないように見える風情。己れを律することに長けているのか、それともそういう性状なのか。

ふたりいる木将のうちのどちらか。わからない。ええい、ままよ。

「我が名は安倍晴明。我に従え、十二神将、――六合！」

賭けだった。

断言してから、まったく動かない神将の瞳に、晴明は青くなった。まさか誤ったのか。疲労が勘を鈍らせたか。だとしたら、もうこの神将は下せない。せっかく大した労苦もなく従えられる好機だったのに。

己れの失言を呪う晴明に、神将は淡々と言った。

「――いかにも」

「は？」

思わず聞き返すと、青年は眉ひとつ動かさずにつづけた。

「我は十二神将、木将六合。安倍晴明よ。これよりはお前を主とし、その命に従おう」

晴明は、しばし絶句した。

「……どうした？」

相変わらず抑揚のない淡々とした語気に、怪訝そうな響きが僅かに混ざる。

晴明は、盛大に息を吐きながら頷いた。

「ああ…。頼む」

できれば、もう少し早く答えてほしかった。が、多くは望むまい。大した労苦もなく闘将のうちの一名を使役に下せたのだ。この程度の心労など。

大した負担だ。

ああ負担だったとも。従う気があるなら無表情で黙ってないでさっさと答えろこの野郎。

疲れているので気が立っている。

胸のうちで毒づきながら実際に口にだけはしないように忍耐力を総動員していた晴明は、ふと思いついて六合に問うた。

「このままいけば、最後に十二神将最強の将にたどり着くはずだ」

六合は静かに頷く。やはり、必要以上に言葉を発することはない。無口なのは彼の性分であるようだ。

「ひとりの神将に言われた。必要がないなら、最強の将を使役に望むのはやめろと」

それまでほとんど動かなかった六合の瞼が、かすかに険をはらんだように見えた。

「どういう意味だ。六合、お前も、同じことを言うのか」

寡黙な青年は一度瞬きをすると、静かに頭を振った。

「晴明。お前が望むなら、それを止める理由は俺にはない」

「ではなぜ、天后は……？」

疑念が募る晴明に、六合は思慮深い眼差しを向けた。

「安倍晴明。お前が最後に遭遇するであろう将は、最強にして最凶。我ら十二神将中、もっとも強く烈しい力を持つ。強すぎる力は禍をなすこともある」

先ほどまでとは打って変わって饒舌になった六合に、晴明は少し面食らった。なんだ、しゃべろうと思えばしゃべれるのか。

「あれはそういう類の者だ。それを負い、御する覚悟があるならば、お前の望むままに―」

なんとも意味深長な物言いだった。

覚悟ならば、ここに来るまでに幾度も試された。それ以上の何が必要だというのだろう。

「六合、それは……」

瞬間、甚大な神気が出現した。

さっと顔色を変えた六合が身を翻す。同時に凄まじい闘気が晴明のごく近くで爆発した。

「――――――っ！」

爆裂に吹き飛ばされた晴明が、なす術もなく転がって何かに衝突する。したたか打った背中から衝撃が突き抜けて、呼吸が詰まった。

喘ぐように息を継ぎ、なんとか目を開ける。自分を受けとめたのは岩か何かだと、手探りで見当をつけた。

懸命に起き上がると、背を向けている六合が見えた。体勢を低くしている。かもし出す闘気がぴりぴりと研ぎ澄まされている。全身で警戒し、戦闘態勢に入っているのがわかった。

晴明は慄然とした。先ほどまでとはまるで烈しさの違う神気。これまでに下した神将たちとは段違い。これが闘将か。

目を凝らした晴明は、六合が両端に刃の具わった変わった形状の槍を持っていることに気づいた。得物を持っているのは朱雀だけではないのか。

立ち昇る神気。六合のものだけではない。もうひとつ、さらに烈しく大きな力が渦巻いている。これは。

「――ついに貴様まで、屈したのか」

六合の向こうにいるだろう相手の、怒気をはらんだ唸りが響いた。

烈しくも鋭く低い声音は、晴明の耳朶に突き刺さる。

憎しみにも近い感情がそこに見える。

晴明は必死で立ち上がった。

六合の背中越しに、憤怒の形相で屹立する青年が見えた。

六合よりも更に強い波動が凄まじいうねりとなって広がっていく。

戦慄が走った。

「十二神将…闘将……」

かすれ声で呟いた晴明に気づき、その青年の蒼い双眸が苛烈に輝いた。

「人間風情が、我ら十二神将を使役に望むなど、身の程知らずも甚だしい！」

神将の怒気を受けて、空気がびりびりと震えた。

晴明は完全に呑まれて動けない。

六合が肩越しに顧みてくる。

「晴明、下がれ」

「六合！　矜持はどこへやった！」

怒号する同胞に向き直り、六合は抑揚のない語調で返す。

「矜持ならば、ここに」

「戯れ言をぬかすな！　貴様だけではない、天空の翁をはじめとして、全員が全員、

次々に使役に下るなど……！」

気でも触れたかと吐き捨てる同胞を、六合はさすがに剣呑な目つきで睨んだ。

「言葉が過ぎる。取り消せ」

「黙れ。矜持を取り違えた輩が」

凄まじい剣幕の神将は、同胞越しに晴明を睥睨した。

「たかが人間の陰陽師風情が、思い上がりも甚だしい。すべての契約をここで破棄し、人界に立ち戻って二度と顔を見せるな！」

傲然と言い放つ神将は、目の覚めるような青く透きとおる長い髪を、首の後ろで無造作に括っていた。短めの髪が頬に落ちかかり、それが闘気に揺らめいている。

背丈は六合とほぼ同じ。長い布を右肩にかけ、腰帯で留めている。剝き出しの肩は筋肉質だがすらりとしていて無駄がない。

そして、晴明を射るような眼光を放つ双眸は、夜の湖のような深い蒼だった。

視線を同胞に戻し、怒りに燃えた神将は凄まじい剣幕で言い募った。

「六合、腑抜けに成り下がったか、嘆かわしい…！　あのような出自の知れない輩に従うなど、俺は決して認めんぞ！　人間、疾く去れ！」

あまりの言い様が、さすがに晴明の神経を逆撫でした。いくらなんでも、ここまで暴言を吐かれる理由はない。

口を開きかけた晴明を無言で制し、さきほどよりも険のある語気で六合が反論した。

「出自になんの意味がある。俺はこの男自身を見定め、契約を交わした。これよりは安倍晴明が唯一絶対の我が主。それを愚弄するならば」

六合の手にある銀槍が閃いた。同時に、黄褐色の双眸がきらりと光る。

「この十二神将六合が、主に代わって相手となろう」

寡黙な同胞の啖呵に、青い髪の神将は目許に険しさをいや増す。

「——面白い。貴様とは、一度本気でやりあいたいと思っていた」

神将の全身から、凄絶な神気の渦が迸る。

晴明は息を呑んだ。いままでも烈しかったのに、実際はあれで抑制している状態だったのか。

これが闘将の力。

逆巻く風が呼吸をすら阻む。腕を交差させて懸命に堪えている晴明に、六合が叫ぶ。

「晴明!」

「どこを見ている!」

六合は視線を滑らせた。眼前に同胞が迫る。突き出された掌底から通力の渦が放たれ、六合を押し飛ばす。

「……っ!」

掌底を槍の柄で受けとめたが、衝撃に押されて後退する。彼の足が刻んだ線が二本、地表に走った。

「闘将といえど、貴様はそのなかにあってもっとも力を持たない。俺にかなうと思うのか!」

片膝をついた六合は、同胞の挑発に毅然と返した。

「かなうか否かは関係ない。お前が俺の主を害そうとするのを阻むのみ」

それを聞いた神将の双眸が苛烈に輝いた。その色彩が変化する。赤みを帯びた紫色に。

それに伴い、神将の神気がさらなる苛烈さを帯びて噴き上がる。

対する六合の全身からも、それまでとは段違いの神通力が迸った。

力と力の応酬が渦を巻き、稲妻のような火花があちらこちらで散る。神気の起こした風はさながら嵐のように砂塵を巻き上げた。

六合の槍が一閃した。轟音とともに地を裂き、地割れのような裂け目を作る。

攻撃を回避した青い髪の神将が合わせた両手を振り下ろす。

晴明には視えた。神気の塊を弩から放つようにして叩きつけたのだ。

銀槍が横薙ぎに払われた。刃が風とともに神気を裂く。六合の放つ闘気に弾かれて、新たな爆裂が生じる。

夜色の布と鳶色の髪が爆風をはらんで大きく翻った。砂塵が視界を奪う。

六合ははっと身を引いた。が、その瞬間既に神将が彼の間合いに滑り込んでいる。

突き出された拳が六合のみぞおちに食い込んだ。腹から背中に衝撃が抜ける。息が詰まって感覚が遮断される。同胞の神気が烈しい痛苦を伴って全身を駆けめぐる。

よろめきかけた六合は、しかし瞬時に体勢を立て直し、同胞の脇腹に肘打ちを入れる。油断していた神将は横合いに吹っ飛んだ。

銀槍で体を支えて、六合は青い髪の神将の位置を捉える。その双眸が、先ほどまでの黄褐色ではなく、炎のような緋色に転じていたのを晴明は認めた。

これまでのどの神将たちも、あのような変化を見せたことはない。これは、闘将特有の現象なのか。

ふたたび烈しい通力が炸裂する。互いに容赦の欠片もない烈しい戦いだった。少しでも手を抜けば、その隙をつかれる。そこには同じ十二神将であるという仲間意識のようなものは一切見出せなかった。

六合が振りかざした銀槍を叩き落とすと、一方の男は両腕を交差させてそれを真っ向から受けとめた。

神気の衝突が具現化して幾つもの火花が踊る。

まるでそれは、天を駆ける稲妻のような光だった。

六合は木将。稲妻は木だ。六合の神気がそれを生んでいるのか、それとももう一方の神将のものか。

ふたりが同時に飛び退り、まったく同じ呼吸でふたたび突進する。ふたつの神気がぶつかるたびに、地がえぐられて激しい震動が生じた。

晴明は、それをただ見ていることしかできなかった。

これが。ほかの神将たちとは一線を画する「闘将」と呼ばれる者たちの力。

なんという凄まじさだ。想像を絶している。これを自分は掌握しようとしているのか。我ながら、なんと無謀な。

しかし、眼前の光景に息を呑みながら、彼はどこかで冷静に判断していた。

確かに、十二神将は、闘将は、強い。だが、葵祭の折に遭遇したあのばけものは、その上をいく――。

それは、直感だった。なんの根拠もない。強いていうなら、晴明が感じた恐怖心の度合いがそれか。

晴明は神将たちの力に感じ入るし、畏れもいだく。戦慄もする。しかし、恐れはしていない。

あのばけものは、恐ろしかった。晴明が、生まれて初めて知った恐ろしさだ。あの得体の知れない、底の知れない。

世を斜に見据え、人を嫌い、生きることに飽いた半人半妖の自分が、初めてまともに恐れをいだいた。

神気の爆裂が生じる。晴明の意識はその場に引き戻された。

「……、しっかりしろ、安倍晴明…！」

己れを叱咤して、晴明は呼吸を整えた。呼吸の乱れは心の乱れにつながる。乱れた心では、現状を打破する最良の方策まではたどり着けない。

互いに一歩も引かない様子で激突しているふたりを睨み、必死に考える。

桁の違う通力の奔流にただただ驚愕していたが、冷静になってよく見れば、互角ではなかった。

六合が明らかに押されている。

あの神将も言っていたではないか。

闘将といえど、六合はそのなかにあってもっとも力を持たない、と。ならば、いずれはあの男に敗北を喫するは明白。

なんとかして策を講じなければ。

これまでに使役となった十二神将たち。彼らを呼んで、六合の加勢とするか。あの蒼い目の神将がいかに強かろうと、数を頼めばこちらが有利にならないか。

離れた場所で土砂が舞い上がる。ふたりの姿が土煙に隠される。距離があるのに、神気の放つ凄まじい波動が晴明を威嚇する。

晴明は唇を嚙んだ。

否。それはだめだ。それではあの神将は決して自分の使役にはくだらない。

晴明は、十二神将全員を式にくだすことを目的としているのだ。そのために、このどことも知れない世界に連れて来られて、理不尽な要求を突きつけられても、歯を食いしばってここまで進んできた。

神将たちはきっといまも、この戦いを見ている。そして、晴明が自分たちの主にあたわずと判断したら、自身の言質を翻すだろう。

一度結ばれた契約は無効にはできない。契約を破棄するためには、この命を奪う必要がある。

そしておそらくあの青い髪の神将は、それを嬉々として引き受ける。

晴明は拳を握り締めた。

自分にはもう、あの神将を押さえ込めるだけの霊力がない。

少しでも休息できればと思っていたが、そんな暇も与えてはもらえない。

どうする。

「…………霊力は…ない。……だが」

気力も体力も限界で血の気のない晴明の面差し。

だが、その刹那。

ぎりぎりまで追い詰められているはずの双眸に、仄白く冷たい炎が宿った。

——だから、決して……

ふと、晴明の口元が歪んだ。

　こんなときに師の声が甦るとは。こんな自分にも、人並みの感傷が存在していたのか。

　彼を人界に縛るものはさしてなく、心の底で人間を嫌い、常に光と闇の狭間に在り。それでも、あちら側に行くことはできなかった。

　父が悲しむ。師が嘆く。だから彼はこちらに留まってきた。

　いままでは。

　砂塵の向こうで繰り広げられている激闘を視る。神気の流れが、それがどれほど凄まじいものかを伝えてくる。

　人間の力では、それがいかに強くあっても、十二神将にはかなうまい。

　彼らは神の名を冠する。人間では、かなわない。

　そう、晴明が忌み嫌いつづけた人間では。父から半分だけ受け継いだ、人間の霊力では。

　しかし、あの神将を下すためには、晴明自身の力で、完全に屈服させるほかはない。

　手段はある。ずっと封印してきた力が、この身には眠っている。

　懐かしい師の声が耳の奥に響く。

　──お前が母御から受け継いでしまった力は、強すぎるのだよ
　目を閉じれば、いまよりずっと幼い頃の自分が見える。童姿で垂れ髪で。いまより

ずっとすさんだ目をしている子どもが。

◇　◇　◇

心して聞きなさい。お前の力は、使い方を誤れば、お前自身の命を縮めてしまうもの。

力を抑（おさ）えることも制することもせず、荒（あ）れるままにしておけば、お前の母の血は、いつかお前をあちら側に連れて行く。

だがわしは、お前をあちらにやりたくはないよ、童子（どうじ）。お前の父上も同じ思いだ。

だから、決して。

決して、その血の力を。先ほど見せたあの仄白（ほのじろ）い炎（ほのお）を、二度と操（あやつ）ってはいけないよ――。

◇　◇　◇

あの時、父益材の古い知人だというその男は、まだ己れの名すら知らされず、ただ童子と呼ばれていた晴明を、真剣に諭した。

父以外で、晴明と真摯に向き合った者と出会ったのは、賀茂忠行が初めてだった。

だから、その言葉に従おうと思った。

心臓が痛い。きりきりと、これからやろうとしていることを責めているように痛む。

手のひらをゆっくりと握りこみ、喘ぐように呼吸を繰り返す。

異形だったという母。葛の葉という名しか知らない、いまでは生きているのかすらも杳として知れない母の血は、晴明に凄まじい霊力と、それを遥かに凌ぐほどの甚大な妖の力を受け継がせていた。

「師匠……、……すみません」

だがその力は。その強さゆえに、完全な妖には到底なりえない晴明の宿体を蝕み、魂を灼く。

人であってくれと望み、あちらに行ってくれるなと晴明に乞うた、父と師の顔がよぎった。

晴明がこれまで何があってもかろうじてこちら側に留まっていたのは、彼らの想いがあったからだ。それがなければ、とうにあちら側に、闇の住人に堕（お）ちていたに違（ちが）いない。

半分人の血を引き、半分妖の血を引いた、どちらでもありどちらでもない子。それは、晴明自身には変えられないもの。いわば宿命だ。そこから逃（のが）れることはできない。だから、他者となるべくかかわらず、己れの真価も誰（だれ）にも知られずに、いつか人々の口（くち）の端（は）にのぼることもなく命を終えよう。それが、中途半端（ちゅうとはんぱ）な存在として生を受けた自分に相応（ふさわ）しい生き方だ。

天命であると、橘の姫（ひめ）は言った。

受け入れてしまえばそれは確かに天命かもしれない。それが真実、天の決めた寿（じゅ）命（みょう）であれば。

しかし、天命とは、天がくだした命令でもある。

では、天は彼女にここで殺されろと命じたか。

そのようなことがあるわけはない。

ならば晴明は、人としての生をここで捨てることになっても、彼女自身がさだめてしまったその天命を、覆（くつがえ）す。

どくんと、胸の奥で鼓動（こどう）が跳（は）ねる。

ふたつの神気の奔流（ほんりゅう）が、渦巻（うずま）いていた砂塵（さじん）の竜巻（たつまき）を吹（ふ）き飛ばした。

六合と神将が見えた。明らかに消耗している六合が、その瞬間がくりと片膝をつく。

得物を支えに、六合は間髪いれず唸る。

「観念しろ、六合！」

「くどい！」

「ならば」

神将の放つ闘気がさらに威力を増す。

六合は唇を噛んだ。ここまでか。だが、心まで屈することはない。

晴明がなぜ十二神将を使役に望むのか。その理由は既に聞いた。それは、六合が式として従うに値すると判断できるものだった。ここにくるまでに安倍晴明に従った同胞たちもまた同じだろう。

未だ姿を見せない残るふたりが、どう考えているのかはわからない。だが、いま対峙している同胞に比べれば、まだ望みがあるのではないか。

息を吸い込み、六合は声を張り上げた。

「晴明、行け！」

六合と対峙している神将が瞠目する。

「なに!?」

「先へ。ここは俺が食い止める」

残る力を振り絞り、十二神将六合は立ち上がる。

風が唸った。神気のうねりが巻き起こす気流は、この異界の隅々に激突の凄まじさを伝えているだろう。十二神将たち全員がこの様子をつぶさに見ているはずだった。

一方、六合の不退転の決意と相打ちも辞さない覚悟を見た神将は、憤怒もあらわに低く唸った。

「貴様は…ばかか…！　人間ごときに、そこまで肩入れするなど……、！」

ふいに、男の表情が一変した。

赤紫の双眸が、六合の遥か後方に据えられる。舞い散る土砂を神気のうねりが押し流し、視界が明瞭になっていく。

不審に思った六合が振り返りかけた瞬間、それまで感じたことのない波動が迸った。仄白いゆらぎが視界のすみを掠め、人間の放つ霊力とは明らかに異なる波動が立ち昇る。

十二神将六合は、戦慄を覚えた。

なんだ、この凄まじい力は。

まるで。

強張った四肢を叱咤してようやく振り返った六合は、己が眼を疑った。

安倍晴明が、仄白い炎に包まれている。その炎は天をつくほどに激しく燃え上がり、晴明をいまにも呑み込もうとしているように見えた。

六合の脳裏に警鐘が響いた。あれは、危険な力だ。六合にとってではない。あれは晴明の命を脅かす、解き放ってはならない類のもの。

それまで一言も発することなくそれを睨んでいた同胞の赤紫の目が、剣呑にきらめいた。

「……化生の血を受けているとは思っていたが、よもや天狐とは…」

もし安倍晴明というあの男が、完全な天狐であったら、十二神将など欲しなかっただろう。天狐は甚大な力を持つ妖。

そして、もしただの人間であったなら、あの男はここまでたどり着けなかったに違いない。

あれは人間だ。だが、ただの人間ではない。底知れなさがある。人間にしては強すぎる霊力。恐ろしいほどに。

使役に下った同胞たちの言葉だ。

なるほど、こういうからくりか。

「だが、だからなんだという。血を受けていても、その力を操るどころか、いまにもそれに呑まれんばかり。そんなものをひけらかして、俺が膝を折るとでも思ったか」

激昂が語調を更にきついものへと変えていく。

「実に浅ましい、貴様のような人間に、この俺が、誇(ほこ)り高い十二神将が従う道理があるものか！」

すると、仄白い炎に包まれた晴明は、氷の目で笑った。人間のする目ではない、異形や妖が見せる独特の眼光がそこにあった。

「――そんなことは、露(つゆ)ほども」

「ならば」

「陰陽師(おんみょうじ)は、様々なものを使役となす。獣(けもの)や、虫。鳥、器物。時には妖すらも従える」

化生の顔つきに変貌(へんぼう)した晴明の双眸(そうぼう)が、ぎらりと光った。

「必要とあらば、神すらも式に下す。――力ずくで」

厳(おごそ)かに宣言し、晴明は結印した。

転法輪(てんぽうりん)の印。

こういった手合いを屈服(くっぷく)させる手段はただひとつ。

真っ向勝負の、完全勝利だ。

たとえそれが異形の力であっても、負けを認めさえすれば、吼(ほ)えることをやめるはず。

そのためになら、禁忌(きんき)も破る。

ひときわ強く、白い炎が燃え立つ。

六合は茫然と呟いた。

「狐火……。真実、天狐の…」

極限まで研ぎ澄ました五感が、神将の呟きを捉える。

晴明の心は静かだった。中途半端だった自分の力がこの局面で役に立つなら、それも悪くないではないか。

確かに自分は異形の血を引いている。

ばけものに魅入られ、命を脅かされているあの姫が、もしこのことを知ったなら。

おそらく彼女は、恐れをなして晴明を拒絶するだろう。

そんなことはわかっている。己れの真を見てしまったとき、それは瞬時に絶望に変わった。望みなど持つまい、願いなどいだくまい。

青い髪の神将をひたと見据え、晴明は宣言する。

「従ってもらうぞ。我が名は安倍晴明、使役に下れ、十二神将」

言葉は言霊。名前は一番短い呪。

「青龍！」

神将の顔に宿る険がいや増した。しかし否定の言はない。当然だ。

十二神将に木将はふたり。ひとりは六合。いまひとりは、四神の名を冠する青龍。

彼らの神気が衝突するたびに、激しい木気のぶつかりあいが雷と成った。

そして何よりも、彼の髪と瞳の色彩。

この男が青龍でないはずがない。

しかし、それだけではだめだ。この、もしかしたら十二神将でもっとも矜持の高いかもしれない男を従えるには、それに値する力を見せつけなければならない。

青龍は無言のまま、諸手を広げた。

凄まじい闘気がそこに集結し、青白い光球となって火花を散らしながら膨れ上がっていく。

あれをまともに受ければただではすまないだろう。だが。

どくんと、胸の奥で鼓動が跳ねた。ちりちりと、胸の最奥で仄白い炎が揺れている。

それが時を追うごとに、大きく激しくなっていく。

炎の勢いが増せば増すほど、天狐の力が晴明の人間の部分を脅かし、侵食し、食らい尽くしていくのだ。

しかし同時に彼が放つ力もまた増大していく。文字通りの諸刃の剣。

青龍を押さえ込めるのはおそらく一度だけ。それを失すれば勝機は完全に消える。

十二神将すべてを従えることはできなくなる。

これまで一度も神に祈ったことはない。彼にとって神は、助けを乞い、力を借りる存在だった。

しかし、いま初めて心底願う。どうか。

化生のような眼光が青龍を射貫く。

修行を始めてから数々の術を修めてきた。魔物を調伏する法、修祓の法、退魔の法。

それらの中から、ひとつの法を選び出す。

その昔、役行者が葛城の山中で遭遇した山王一言主神を使役に下した際に使われた術。

獣も、ばけものも、人も、神すらも縛す、不動金縛りの法。

晴明から迸る白い炎が大きく揺らめく。

六合は見た。晴明の唇が小さく動く。呪文、あるいは神歌を唱えているのか。

陰陽師の指がなめらかに動いて印を組み替える。

外縛印。

「ナウマクサンマンダ、バサラタ、センダマカロシャナタヤ、ソワタラヤ、ウン、タラタガン、マン！」

剣印。

「オン、キリリ、キリ」

刀印。

「オン、キリ、キリ、ソワカ」

転法輪印。

「ナウマクサンマンダ、バサラタ、センダマカロシャナタヤ、ソワタラヤ、ウン、タラタガン、マン」

外五鈷印。

「ナウマクサンマンダ、バサラダン、タラタ、アボガセンダ、マカロシャダ、サワタヤ、アノウヤ、アサカ、アサンボギニ、ウンウン、ビギナウンタラタ」

諸天教勅印。

「オンキリ、ウン、キヤグウン」

内縛印。

「ナウマクサンマンダ、バサラタ、センダマカロシャナタヤ、ソワタラヤ、ウン、タラタガン、マン」

真言の詠唱が響くにつれて、晴明の放つ妖気が冴え冴えと冷えていく。

どくんと、晴明の胸の奥で鼓動がはねた。胸の奥から恐ろしいほどの寒さが生じ、全身に広がっていく。

四肢の末端が氷のように冷たい。印を組み替える指の動きが鈍くなり、寒さに次いで凄まじい苦痛が全身をめぐりだす。

鼓動が跳ねるたびに痛みが強まり、脈動に乗せて暴れだす。

晴明の額に冷たい汗が噴き出した。うめき声を出さないように歯を食いしばる。

馬手で作った刀印を左の脇に添え、あたかも鞘にしまうがごとくに弓手を添えた。

大きく息を吸い込む。かっと見開いた目は十二神将青龍に据えたまま決して逸らさない。

赤紫の双眸が激昂している。ともすれば、視線だけで気圧されるほどの迫力をかもし出している。

金縛りの法にかけられた青龍が、それを全力で撥ねのけようとしているのがわかった。

天狐の血を解放し、あらん限りの力を込めた術だというのに、闘将というのはばけものか。

抜き放った刀印を振り上げ、大上段に斬り下ろす。

「曳！」

燃え盛る白い炎が晴明の視界を覆う。

青龍の闘気が、その白い炎に包まれて封じ込まれた。

「く……っ！」

凄まじい妖気に圧迫され、闘将の三番手が地に膝をつく。

しかしなおも青龍の戦意はみなぎっている。このままでは弾かれる。

「…………っ！」

晴明は息を詰めた。

苦しい。胸の奥で炎が揺れる。筆舌に尽くしがたい痛みが、晴明を嘲笑うように荒れ狂う。

かじかんだ指がうまく動かない。これでは印を結べない。

薄れゆく意識の中で、晴明の指は無意識に動いていた。

刀印。

「……臨める兵…闘う、者……」

どくんと、ひときわ激しく鼓動が跳ねる。錐に刺されるような痛みが左胸を突き抜けた。息が詰まる。声がかすれる。

「…皆…陣、列れて…前に、在り…！」

渾身の力を振り絞り、晴明は刀印を振り下ろした。

「――――――っ…！」

仄白い炎が槍の穂先となって、青龍に叩き落とされる。金縛りの法で身動きできない十二神将にとって、それは決定打となった。

反発していた神気と妖気が爆裂を引き起こす。

「晴明！」

神気で築いた障壁の中で六合が叫ぶ。

鼓動が跳ねた。ひくりと息を吸い込んで、晴明は大きくのけぞる。

瞼が落ちる寸前、晴明の脳裏に幾つかの面差しがよぎった。

橘の姫、岦斎、師、父。そして、逆光になって決して表情の見えない、懐かしさだけを残した影――。

◆　◆　◆

激しく燃え盛っていた白い狐火が、唐突に掻き消える。

渦巻く波動に翻弄され、晴明はなす術もなく吹き飛ばされた。

七

ひどい痛みを感じて、榎笠斎はかすかなうめき声を上げた。

「……っ、…てててて…」

喘ぎながら目を開けると、視界に陰陽寮の者たちの顔が幾つも飛び込んできた。

「笠斎殿、気がつかれましたか！」

「よかった…！」

口々に安堵の言葉を漏らす同僚たちに、笠斎は苦しげな呼吸を継ぎながら尋ねる。

「…師…匠……は…」

「忠行様は、まだ…。ですが、命に別状はないとの薬師の見立てです」

「笠斎殿。一体何が起こったのかを、説明していただきたい」

笠斎は全力で起き上がった。

体のあちこちが悲鳴をあげる。特に胸の辺りがひどい。息ができないほどに痛む。

何かが突き刺さっているかのようだ。

息も絶え絶えにそううめくと、本当にそうだったのだと誰かが答えた。

陰陽寮の一角に、突如として出現した凄まじい鬼気が炸裂した。辺り一帯の建物は破壊され、その場にいた忠行と岦斎は木っ端に埋もれてぴくりともしなかったのだという。

誰もが最悪の事態を考えた。だが、ふたりともかろうじて呼吸していた。

官僚たちは持てる技術を総動員させてふたりを治療し、何とか命を取りとめたのだ。

それから宿直の局に畳や茵を運び込み、そこに寝かせ、幾人かを看護に残し、ほかのものは寮内総出の祈禱と修祓の最中だという。

「それは…うん？　そういえば、俺の衣は？」

身につけているのが単一枚。それも、何やら寸法が合っておらず、いやに袖が余る。

「岦斎殿の衣は、血でひどく汚れてとても着られるものではなくなってしまっていたので、処分するよりありませんでした」

聞けば、岦斎はそれはもうごぼごぼと盛大に血を吐いて、ついでにあちらこちらが切れて、衣はまるでぼろ布だったのだとか。

それは忠行も同様だったそうだ。未だに昏睡中の忠行は、隣の局で看護を受けているという。言われてみれば、几帳の向こうが何やらざわついている。

いま彼らがまとっている衣は、縫殿寮に事情を話して用意してもらったものらしい。

岦斎は息をついた。途端に胸が激しく痛む。顔を歪めてそれをやりすごした岦斎は、ふと目を見開いて同僚に問うた。

「おい、いま、何刻頃だ？」

「随分前に鐘鼓が鳴りましたので、申の刻半ば頃かと」

「なに？　俺はそんなにくたばっていたのか！」

こうしてはいられない。あの香炉は。

「なあ、香炉が落ちていなかったか？　このくらいの大きさで、あまりなじみのない香の染みついた…」

同僚によれば、内側から破裂したような金属の破片が片づけた木っ端の下から見つかったという。おそらくそれだ。

香炉の中にひそんでいたのか。

姫の許から持ち出したことに怒って自分と師をこんな目に遭わせたのだろうか。

岦斎は額を押さえて瞑目した。

ろくに考えもせずに持ち込んだせいで、忠行を巻き込んでしまった。申し開きのしようがない。

だが、すぐにひとつのことに気づいて顔をあげる。動くたびに胸が痛み、いちいち息を詰めなければならないのが癪だ。

「寮を壊した、ばけものは。退治たのか、それとも……」

官僚たちは顔を見合わせた。

「我々が駆けつけたときには、鬼気だけしか残っておりませんでした」

「我々は、岦斎殿と忠行様をお救いすることと、主上の御身をお守りすることだけしか……」

岦斎は、でかかった舌打ちを吞み込んだ。そうだ、ここは大内裏。主上のおわす内裏は目と鼻の先。

大内裏で異変があれば、誰もがまず帝の安否を最優先とする。それは致し方ない。

官吏たちは当然の行動をとったまでだ。

あのばけものは橘家のあの姫を狙っている。帝に脅威はないのだと、誰も知らないのだから仕方がない。

痛みを堪えながら立ち上がった岦斎は、同僚に頼んで着替えを手伝ってもらった。

真新しい直衣はのりがきいていて、こんなときでなければ大層気分がよかっただろう。

「行かなければならないところがある。すまないが、止血と止痛の符をありったけと、馬を一頭用意してもらいたい」

しかし、同僚たちは真っ青になって岦斎を止めた。

「何をばかなことを！　先ほどまで、生きるか死ぬかの狭間だったのですよ⁉」

「無理をすれば傷が開きます！　命を捨てるおつもりか！」

そうではないと必死で説き伏せる。人の命がかかっているのだと聞き、同僚たちは渋々彼の頼みを聞いてくれた。

止痛の符を何枚も使って、ようやく痛みをほとんど感じなくなった。まともに呼吸ができることがこんなにありがたいとは思わなかった。

表に出ると、話を聞いた直丁が、どこかの寮か省から借りてきた馬を用意していた。直丁に礼を言い、大内裏を出てから慣れた仕草で馬に乗り、腹を蹴る。

郷里は山深い場所だったので、馬を乗りこなせなければ遠出ができなかった。上京してからはご無沙汰だったが、物心ついた頃から馬に乗っていた自分の体は、乗りこなす術を忘れていなかった。

早くも退出した貴族や都人たちが行き交う往来を、岦斎の操る駿馬が駆けていく。

徒歩よりも遥かに速く、岦斎は橘邸に到着した。

門前に馬を止めると同時に馬上から飛び下りる。

逃げないように手綱を門前の柳に結んだ岦斎は、敷地の中が異様な気配であることに気づいた。

舌打ちしながら門を叩く。しかし、返事はない。

門は厳重に閉められている。中から開けてもらわなければ入ることは難しい。

「おい馬、ちょっと背を貸してくれ」

馬を塀ぎりぎりのところに立たせて、その背から塀によじのぼる。

塀を越えて敷地内に飛び降りると、岦斎は出入りの門に回り込んだ。

「異常事態だ、許されよ！　おお、許してくれるか、礼を言う！」

自分に自分で返事をして、ずかずか上がりこんだ岦斎は、この邸の者たちが正体を失って転がっているのを発見した。

全員生きている。だが、呼んでも叩いてもまったく反応がない。

「何かの術か…。ばけものめ…！」

憤然と呟いて、そのまま姫の自室に急ぐ。前に案内された順路を思い出しながら進み、覚えのある几帳を認めた。

「橘の姫！」

叫ぶと同時に几帳を払う。案の定、もぬけの殻だ。

頭を掻き毟りたいのを堪えながら、岦斎は必死で考えた。

どこだ、姫はどこにいる。何か居所を探れるような手がかりは。

晴明が出てくるまでは、なんとしてもあの姫を自分が守らなければ。

「俺は、助けると約束をしたんだ。晴明があんたを助けると…、そうだ」

思い出した。確か晴明特製の魔除符を渡してあったのだ。

もし彼女があの符を肌身離さず持っていてくれれば、その霊力の軌跡を追うことができるかもしれない。

庭に飛び降りて、枝から何枚かの葉をむしり、池に放る。

「オン！」

当てものの要領だ。探しているものはどこにある。捜している人はどこにいる。

じっと見つめていると、水面に浮かんだ数枚の葉は、やがてゆらりと動いてすべてが同じ方角を示した。

「……東？」

あちらには鴨川と、その先に清水の山々が広がっている。

「川…水？　いや、違う」

ふいに、岦斎の背筋がぞわりと粟立った。

都の東。葬送の地、鳥辺野。そこにあるのは、冥府と現世の交差する。

「……六道の、辻…」

できすぎている。笑えない。

ばけものの狙いはなんだろうか。大概において、妖怪が人間を襲うのは食うためだ。

しかしあの得体の知れないばけものは、人間に化けて、おかしな贈り物までして、執拗に姫自身を欲していたかに思えた。

「食わないのならば……」

岦斎の脳裏に閃光が駆ける。

最初から、ばけものの行動は一貫していたではないか。

人に身をやつして、姫を妻にと乞うた。最初は慇懃に、礼を尽くして。しかし姫がそれを拒んだ。だから、破心香を使い、思うままに操ろうとした。

そこまで考えて、しかし何かが釈然とせず、岦斎は頭を振った。

「姫を連れ去って、娶るのが目的か？　だがそれなら、いちいち人間に化けたりしなくても、さっさと掻っ攫えば済んだ話じゃないのか」

ばけものの意図が摑めない。

烏帽子をかぶっているので頭を掻き毟れない岦斎は、唸りながら手を開閉させた。

「とにかく、姫を捜すのが先決か」

ひとりでは塀に上れないので、門を開けて外に出る。夜盗などが入らないよう術で施錠をし、岦斎は再び馬上の人となった。

「おそらくちと遠いが、頼むぞ馬」

応じるようにいないて、馬は全力で走り出す。

馬での移動は体に負担がかかる。

痛みが出ないように、予備の止痛の符を懐から抜いて握り締めた。

「早くこい、晴明…！」

おそらく絶対に、お前の力が必要だ。

◆　◆　◆

耳に、音が戻ってくる。

「…………」

のろのろと瞼をあげた晴明は、頬に冷たい風を感じて視線を彷徨わせた。

ここは一体どこだ。

一瞬の空白ののち、すべてが奔流のように押し寄せて、現状を把握する。

がばりと身を起こした晴明は、滑り落ちた夜色の長布に気づいた。

「これは……」

確か、十二神将六合の。

「気がついたか」

布の持ち主の声がして、晴明はそちらを顧みた。

少し距離を置いたところに、六合が胡坐を組んでいた。

晴明は辺りを見回した。

えぐられた地表は激戦の跡が生々しく、自分が生きているということにいまいち実感が持てない。

「……私は、どの程度気を失っていたんだ？」

あれほど消耗していたというのに、眠ったためか体が少しだけ楽になっている。

だがそれは肉体的な部分だけで、霊力は未だに枯渇状態であるのが感じられた。

これではしばらく、術を使うことはできない。使えばそこに注がれるのは霊力ではなく化生の力。それを使えば使うほど、晴明の寿命は削られていく。

息をつき、晴明は瞬きをした。

「……そうだ、青龍は…」

改めて視線を滑らせる。

後方を振り返ると、腕組みをした青龍が横を向いて岩に寄りかかっていた。

黙然と視線をくれる青龍の瞳は、蒼に戻っている。

晴明は固唾を呑んだ。

あれは賭けだった。あれで屈服させられなければ、十二神将青龍を使役に下すことはおそらくもう無理だ。

相手の出方を待っていた晴明の背後に、音もなく六合が歩み寄った。

「晴明」

片膝を折った六合は、夜色の布を指し示した。

「それ自体が神気を持つ霊布だ。必要ならば、この先も持っていって構わない」

晴明は軽く瞠目した。だから体が楽になったのか。

少し考えて、晴明は頭を振った。

「いや…。お前の気持ちはありがたいが、それではいけない気がする」

どんなことがあっても、自分の身ひとつで。それが、十二神将を下すために課せられた条件である気がする。

礼を言って布を返し、晴明は立ち上がった。

「時間がない。もう行かなければ」

そうして、青龍を一瞥する。

神将が目線を寄越してきた。視線がかち合う。

青龍は忌々しげに舌打ちをした。

「――主の命に従う。それは、絶対だ」

晴明の目が輝く。対する青龍の眉間には、深いしわが刻まれた。
「だが、まだ完全に認めたわけではない。履き違えるなよ、晴明」
そう吐き捨てると、青龍は隠形した。
晴明はほっと安堵の息を漏らした。
「なんとも、扱いにくそうな奴だ…」
だが、青龍は晴明の名を呼んだ。『人間』ではなく、『晴明』と。
ひとつの山を越えた気がする。だが、ここで気を緩めてはならない。
そんな晴明の鼓膜に、不機嫌そうな神将の唸りが響いた。
《最凶の闘将を使役とするのは、やめておけ。それが貴様自身のためだ》
弾かれたように顔を上げ、晴明は辺りを見回す。だが、それを本当に最後にして、
青龍の神気は完全に掻き消えた。
額を押さえて、苛立ちをはらんだ息をつく。
なぜ、揃いも揃って最凶の将を除外せよと言うのか。
剣呑な表情の晴明を、感情の見えない黄褐色の双眸が静かに見つめている。
その視線に気づき、晴明は彼に向き直った。
「天后といい青龍といい、いったいどんな理由があるというんだ!」
語気がきついものになったのを自覚したが、それを止めようとは思わなかった。

端的なことだけを口にして、肝心の真意は誰も教えない。なぜなのか、それを明確にしてくれれば、晴明とて検討する余地がある。

そう告げると、六合はかすかに瞼を動かした。何か、話しにくいことを抱えているように見える。

晴明は辛抱強く待った。どうやら六合は、ほかの者たちと違い、訊けばある程度は答えてくれそうに思う。

じりじりしながら見上げていると、六合は漸う口を開いた。

「陰陽師ならば、十二神将が吉将と凶将に分かれることは知っているだろう」

「ああ」

残るふたりは凶将だ。

ここまでくれば、最後が誰なのかはおおよその見当はつく。だが、天一の例がある。自分が持っている知識が必ずしも事実だとは限らない。ここは慎重に慎重を期して当たらなければならないだろう。

六合は、何かを思案している素振りだった。

「……ひとつ言えるのは」

淡々と、抑揚のない語調で綴られる。

「あれにはおそらく、俺たち全員が束になってかかっても、かなわない」

晴明は、己れの耳を疑った。

「……全員？」

黙然と頷き、言葉少なに付け加える。

「それが、人間の欲した力の具現だ」

六合は瞑目した。それ以上は語らないと、言外に告げていた。

息をつき、晴明はゆっくりと目を閉じた。

力の具現。それが陰となるか、陽となるか。すべてはそれを持った者の性状にゆだねられる。

十二神将は諸刃の剣。主はそれらすべてを収める鞘であらねばならない。

いまさらながらに、そのことが重くのしかかる。

もはや自分には、ろくな力も残っていないというのに。

ふいに、背筋に悪寒が這い登った。

ぞくりと震えた晴明に、六合が問うような視線を向けてくる。

うなじに手を当てた晴明の頬から、すっと血の気が引いた。胸騒ぎがする。何かが心を逸らせる。

「残るふたりは、どこだ？」

黄褐色の視線が一方を示す。彼はそのまま静かに隠形して去った。

神気が完全に消えたのを確かめて、晴明は身を翻した。

「あと、ふたり……」

急がなければ。頭のどこかで警鐘が響く。ふっと浮かぶのは、橘の姫と岦斎の姿。

お前の顔なんか見たくないと胸中で毒づきながら、忌々しそうに唸る。

「私が戻るまで、持たせろ、岦斎…！」

再び立ち込めて視界を白く染める霧の中を、晴明は進んでいた。

絡みついてくる霧は相変わらず鬱陶しいが、この霧が出るたびにどこか別の場所に誘われていることに、もう晴明は気がついていた。

巧妙に、順番どおりに。それぞれに最も適した舞台で、彼らは晴明を待っている。

晴明が彼らを見つけているのではなく、彼らが晴明を自らの許に招いているのだ。

ならば、自分は確実に次の闘将の許に向かっている。

十二神将闘将の二番手。あの青龍が三番手に甘んじているということは、その上に君臨しているふたりというのは、どれほどの偉丈夫なのだろうか。

そう考えて、晴明は己れの思考に待ったをかけた。

十二神将だからといって、男であるとは限らない。太陰の例もある。もしかしたら二番手は、年端もいかない少年であるかもしれないではないか。

たとえどんな見てくれをしていても、それは確かに十二神将第二の神通力と戦闘能力を持っている。

果たして、霊力を使い果たしたいま、どうやって使役に下せばいいのか。

異形の力はできれば使いたくない。あれ以上は、自分自身の命を瞬く間に削る。

そうなればすべてが水の泡。姫を救うこともできず、ただの犬死にだ。

風が吹いた。

晴明は足を止めた。

「……神気」

冴え冴えと冷たい、苛烈にして繊細な。

これまでのどの将とも、風合いが異なっている。

晴明は目をしばたたかせた。

この神気の波動は、土気。土将だ。

そういえば、これまでに遭遇した土将は三名ともすべて戦う力を持っていなかった。

最後の土将が十二神将二番手の凄まじい戦闘能力を有しているから、あの三名は逆にその力を持たない存在となっているのかもしれない。もっとも、ただの当て推量なのだが。

呼吸を整えながら様子を窺っているうちに、風が強まって霧を押し流した。

草は一本もなく、赤土の大地に大小無数の岩が半分埋もれている。

そのひとつに、闘将の二番手と思しき相手が、足を組んで座していた。

視界が完全に明瞭になってから、晴明は茫然と呟いた。

「……女」

十二神将は皆、神に名を連ねているだけあって、それぞれ異なる傾向に容姿端麗だった。次もまたそうだろうとは思っていたが、想像していたものとは風貌がまったく違っていたため、少し意表をつかれた。

偉丈夫ではないかもしれないという予想は当たっていたが、よもや二番手が本当に女性だとは。

女が音もなく立ち上がる。

屹立すれば、彼女は晴明より長身だ。

女性の中では、この神将がもっとも背丈があるだろう。

年の頃は、晴明とほぼ同年のように見える。雰囲気が落ちついているからもっと上かと一瞬考えたが、よくよく見れば六合や青龍よりは年少の風貌だ。天后と同じくらいか。

凄味のある美貌だった。紅をさしたように赤い口元に涼やかな笑みをたたえているものの、黒曜の瞳はまったく笑っていない。瞳と同じ色のくせのない髪は肩につかない長さに切り揃えられ、動くたびに艶めいてさらさらと流れるようだった。袖がない藍色の衣は裾も短く、衣の下に黒いさらしを巻いている。腿の半ばまでしかない裾から下も肩から先も、白い素肌が剝き出しで寒々しい。両腕に細い金の腕輪を幾つもつけているが、あれはもしかしたら手甲の代わりだろうか。三重に巻いた細い腰帯には、見慣れない短めの武器を二本差していた。何かの書物で見たことがある。あれは確か、筆架叉というしろものだ。

三番手の青龍は武器を持っていなかったが、二番手の彼女は得物を携えているのか。

晴明の不躾な視線を涼しい顔で受け流していた女は、漸う口を開いた。

「あの青龍を屈服させるとは。なかなかの見ものだったよ、人間」

晴明は胡乱げに目をそばだてた。やはり見ていたのか。

「最早、私が誰か、最後に控えているのは誰か、見当がついているだろう」

晴明は答えない。彼女は笑みを深くした。

「ここに至るまでに、我が同胞たちは様々な形でお前という人間を量り、見定めた。気力も体力も霊力も尽き果て、真の心を暴かれ、ひた隠していた化生の力をもさらけ出さなければならなくなるほどの窮地に追い込むことで、お前の本質を浮き彫りにするために」

晴明の面持ちに険がにじむ。

彼女の言うとおり、いまや晴明は丸裸も同然だった。いまさら虚勢を張ったとてなんら意味はないが、それでも無言をもってとおしているのは最後の意地だ。

「さて……」

言い差した女の双眸がきらりと光った。

「人間よ。十二神将のうち十の顔ぶれが、お前の手駒となった。それでもまだ足りないか？」

反射的に怒鳴りつけそうになって、晴明はかろうじて自制した。

「無論だ……！」

「あれらでもかなわないばけものとはな……。それで、さらに私たちも使役となれば、倒せると？　何を根拠にそう言っているのやら」

神将の表情に挑発が見え隠れしている。晴明を怒らせようとしているのか。なんのために。

ぐっと拳を握りこみ、語気を抑えて口を開く。

「根拠などない。人間の、私の力では到底かなわない。神の末席に連なる十二神将なら倒せるかもしれないと思った。それだけだ」

するとと、彼女の柳眉がぴくりと動いた。

「かもしれない、ね……。我ら十二神将最強とそれに次ぐ闘将を、あまり侮るなよ、人間。口は禍の元というだろう。自信はおおいに結構だが、過信は己が身を危うくするものだ」

目をすがめた晴明は、静かに深呼吸をした。神将が意味ありげに目を細める。

ここで意味のない会話をしても、時間の浪費になるだけだ。

致し方ない。この命を削ることになるが、一気にけりをつけて次へ進むか。

腹を括った晴明は、凄味を帯びた神将を睥睨した。

それを認めた神将が、うっそりと笑う。

「言ったろう、人間。我ら十二神将最強とそれに次ぐ闘将を、あまり侮るなと」

痩身から神気が立ち昇る。

「同胞たちとは別のやり方で、見定めさせてもらおう」

晴明は結印して身構えた。

何を仕掛けてくるつもりだ。得物か、それとも通力の攻撃か。いずれにしても、受けて立つ。

ふいに、神将の背丈が縮んだ。低くなった体勢が、視界から消える。

「なに!?」

瞠目した晴明の間合いに、黒影が滑り込んできた。

息を呑む間もなく、みぞおちに拳が食い込む。肺の空気が押し出され、衝撃が腹から背へと突き抜けた。

「……っ……！」

くの字に折れ曲がった晴明の体が前のめりに倒れかかる。彼女は身を引いてそれをよけた。無様に崩れ落ちた晴明は、背を丸めて苦悶にうめき、激しく咳き込む。

まともな呼吸ができずに喘ぎながら、晴明は横目で神将を睨んだ。

まさか、素手だと。

殺気にも似た視線を彼女は意にも介さない。

「一撃で終わりか人間。その程度で我々を従えるだと？　お笑い種もいいところだな」

かかってこいと言わんばかりにくいと手をあげてみせる神将に、晴明はよろめきながら立ち上がると、嗄れ声で反撃した。

「……十二神将の、二番手が、人間相手に随分と大人気ない……！　通力では青龍に劣るのを、その得物で補っているとしか思えんな！」

神将は無言で地を蹴る。

未だに痛手の消えない晴明は反応できない。振り上げられた白い大腿が反射的に掲げた右腕もろともに晴明を蹴り倒す。

「っ……！」

まるで、巨大な猛獣の突撃を受けたような、重い蹴りだった。

受け身も取れずに倒れた晴明が鞠のように弾んで転がる。

全身がきしんでばらばらになりそうだった。土を掻いて必死に起き上がろうともがきながら、晴明は激しい目眩を起こしていた。軽い脳震盪で世界がねじれている。

彼女の全体重が乗っていたとしても、あれほどの重量があるはずはない。なんという脚力だ。

以前山中で猪に遭遇したことがあったが、あの体当たりなど神将の蹴りに比べたら児戯のようだった。

ぐらぐら揺れる世界のどこかから、軽い失望をはらんだ声音が降ってきた。

「陰陽師とは、術のみならず剣も持たねばならぬはず」

晴明はのろのろと目を開けた。

「……詳しい……じゃないか……」

目眩と吐き気を堪えながら懸命に身を起こし、膝を押して立ち上がる。

神将の面持ちに軽蔑に似たものが宿っていた。

「大仰な術だけで人の眼は誤魔化せる。それに胡坐を掻いて自らの研鑽を怠るような者が、我らの主足りえるとでも？」

晴明は黙然と神将を睨む。彼女の瞳が剣呑さを帯びた。

放たれる神気がくせのない黒髪をなびかせる。

くる。直感でそう思ったと同時に、瞬く間に間合いを詰めた神将が懐に飛び込んでくる。必死で飛び退る晴明に、しかし彼女はそれを予測して食らいついてきた。距離を取ろうと足掻く晴明の胸倉を掴むと、そのまま片手で投げ飛ばす。

背中から落ちた晴明の腹に、とどめの膝頭を食い込ませて、彼女は厳かに言った。

「どうした、もう仕舞か」

沈みかけた意識を引き戻しながら、声も出せない晴明はただ喘ぐばかりだ。

脚力だけではない。成人男性の晴明を片手のみで無造作に投げる膂力。人間ではありえない。

この細腕のどこにこんな力が秘められているのだ。

侮っていたわけでは決してない。しかし、想像を絶していた。

このままでは殺される。主にあたわずと判断すれば、同胞たちを契約の軛から解き放つために、彼女は晴明にとどめを刺すだろう。

痺れていた指先に力を込めて、空を掻く。

背中と腹の苦痛に構わず息を吸い込み、全身の筋肉に意識をめぐらせる。

気づいた神将は表情を一変させた。瞬時に身を引いて晴明から離れる。

重石のなくなった体を反転させて、晴明は震えながら立ち上がった。

晴明は神将の動きに全神経を集中させた。あまりにも動きが速い。捉えられなければ翻弄されるだけだ。

視覚と聴覚を目いっぱい研ぎ澄ます。

風の唸り。左に影が滑り込む。

「……っ！」

紙一重で攻撃をかわした晴明は、突き出された腕を摑むと、彼女自身の力を利用して投げ飛ばす。

反転しようと身をよじる神将の腕を摑んだまま、彼女の足が地についた瞬間、体勢を立て直す間を与えず渾身の力で引く。

均衡を崩した神将の肩をねじ上げようとしたが、それより早く腕を弾かれ逃げられた。

飛び退った神将は、何かを察した風情で目を細めている。

晴明は呼吸を整えながら身構えた。

その表情から、一切の感情が消える。

ふたたび仕掛けてきた神将の突きを最小限の力で払い、細い手首を摑み上げると、その腕をねじりながら引き倒し、空いた手を回して白い細首を捕らえ、身動きひとつできない体勢で拘束した。

その間ひと呼吸にも満たない。

あっという間に動きを封じられた神将は、奇妙なほど落ちついた様子で晴明に視線をやった。

「……随分と、手馴れた……」

晴明は無言で腕に力を込めた。彼女の顔が苦痛で僅かに歪む。

神将の肩と腕の骨がきしんだ。このまま肘を落とせば腕の骨が砕けるし、ねじあげれば肩が外れて腱が切れる。油断のならない相手だ。そこまでしても、完全に戦意を萎えさせることはできないだろう。

そして、首にかけた手の腹は、脈打つ箇所に当てている。力を入れて絞めれば落ちる。そのまま骨をよけて柔らかい箇所を潰しつづければ呼吸も脈も止まる。痕は残らない。

唐突に思った。十二神将も、脈があるのか。ならば、ここを斬れば人間と同じように、赤い血が噴き出すだろう。

「悪いが、容赦してやる余裕はない」

殺すつもりでかからなければこちらがやられる。

酷薄に言い放つ晴明の耳に、小さく笑う声が聞こえた。

思わず己れの耳を疑ったが、神将は確かに笑った。

「何を…」

言いかけたとき、彼女の唇が吊り上がった。

「……なるほど」

言い知れないものを感じて、晴明はふつりと押し黙る。耳朶に、静かな声音が忍び込んできた。

「陰陽師……。隠していただけか」

神将を押さえ込んだままの晴明の表情が、冷徹なものに変わる。それは、先ほど青龍たちに見せた化生の貌とはまったく違うものだ。

神将の腕を一瞥する。このまま砕くか。それとも。

白い首筋に規則正しく脈打つ場所を潰すか。

沈黙の下で物騒な思案をめぐらせる晴明の耳朶に、静かな声が届く。

「ひとつ答えろ、陰陽師」

動揺の欠片もない様子で、彼女は淡々と問うてきた。

「お前、これまでに一体どれほど手にかけた」

晴明の瞳が不穏にきらめく。

「さてな。払った火の粉を数えて、それになんの意味がある」

晴明は、陰陽師だ。陰陽師には、表と裏の顔がある。

時には術で、時には武器で、時にはその手で。必要とあらば息の根を止める。

敵に情けを見せれば自分が骸になる。弱さを見せればつけこまれ、首をはねられる。

誰かのために術を使えば、そこに誰かの憎しみが生まれる。狙われたこともあれば、襲われたこともある。

もともとは、自衛のための体術だ。悪しきものに憑依された人間は、理性の鎖を砕かれて凄まじい力を発揮する。それらを拘束するために、人間の体を正確に把握し、巧妙に捕縛するための特殊な技が必要だ。

それは少し力の入れ方を変えれば、相手を簡単に殺めることも可能な代物だ。

助けることもあれば、殺めることもある。光も知れば闇も抱える。手にかけた命は無数にあり、背負った咎も無数にある。

だがそれがなんだという。

誰もがそれを知りながら、目を逸らしているだけのことではないか。

この手は幾度も血に濡れて、どれほど洗い流してもこびりついた穢れはもう落とせない。

そういったものすべてを負っているからこそ、陰陽師なのだから。

晴明の返答を聞き、神将は目をしばたたかせた。

「これからも、幾つもの命を負うのか」

「必要があれば」

「式神が止めても」

「主は私だ」

「式神にそれを命じることも」

「……ないとは、言い切れない」

彼女はそれを聞くと、静かに瞑目した。

「……この手を離せ、人間」

なぜか、晴明はそれに抗わなかった。

不思議な響きをはらんだ声音は、陰陽師が操るのとはまた別の言霊だった。

解放された十二神将は、身軽に跳躍すると晴明との距離を取って振り返った。

晴明は、感情のまったくない冷徹な面持ちでそれを眺めている。

誰ひとりとして見ることのできなかった、晴明の陰陽師としての冷酷な面を引きずり出した神将は、厳かに告げた。

「我が名は十二神将、勾陣」

晴明の表情は変わらない。瞬きひとつせずに勾陣を睨んでいる。

一方の勾陣も、挑むような眼差しを晴明に向けていた。

「畢竟、最後のひとりは火将騰蛇」

やはりそうだったか。

最凶の将が騰蛇であれば、得心がいく。

おそらく、火将騰蛇の操る炎は、すべてを焼き尽くすほどの凄まじさ。

「安倍晴明。お前はここに至るまで、我らにお前という人間がどういった者であるのかをさらけ出した。それらすべてを受けてなお、私はまだお前という者を量りかねている」

沈黙していた晴明は、怪訝そうに眉根を寄せた。

「なに…？」

勾陣がふいに、あらぬかたを見はるかす。

「その力は、すべてのものを焼き尽くす地獄の業火。最強にして最凶の闘将。あれをお前が使役と成せるか否か。それにすべてをゆだねることにしよう」

黒曜の双眸はどこまでも静かだ。

「持てる力を使い果たし、己れの闇も毒も穢れもさらけ出し。その上で残ったものに、あの騰蛇が価値を見出せば、それは十二神将の主足りうる器だろうさ」

そうして勾陣は闇をまとうようにして身を翻した。

瞬時に掻き消えた影を、晴明は一瞬追いかけた。しかし、なんの意味もないと気づいてやめる。

勾陣が消えた途端に、猛烈な疲労感が襲ってきた。

彼女の存在そのものが晴明に相当の威圧感を与えていたのだ。

「あれが、最強に次ぐ闘将……」

ならば、最強の神将とは、一体どれほどの。

殆どの神将たちが使役に下すなかれと言ってきた中で、なぜ勾陣は己れの進退をその騰蛇にゆだねたのだろう。

橘の姫を狙うばけもの。あるいは勾陣がいれば、あれを倒すことはかなう気がした。

しかし、騰蛇を下さなければ、勾陣を従えることもできない。

おそらく騰蛇は、恐ろしい。勾陣など比ではないほどに。

これまで遭遇してきた神将たちとは一線を画した存在なのだ。

激しい疲労に押し潰されそうになりながら、晴明は歩き出した。

ふらふらと足を進めていく。だが、一向に霧の出てくる様子がない。

騰蛇は、姿を見せることとすらしてくれないのだろうか。

勾陣が視線を投じた方角へ、晴明はとにかく足を運ぶ。

「……つかれた…」

無意識に呟くと、疲労が倍増した。

一歩、一歩、懸命に進んでも、もしかしたらすべては徒労に終わってしまうかもしれないのだ。

では、なぜ自分は歩きつづけているのだろう。

どうして自分はここまで来たのだろう。

極限の疲労で、余計な思考が何もかも削ぎ落とされて、晴明の心はいま空っぽだった。

絶望も希望もない。喜びも悲しみも、怒りも憎しみも。

「……私は…」

少しずつ、歩みが遅くなる。動作が緩慢になって、引きずるように足を動かし。

いつしかそれもできないほどに、疲れて疲れて、疲れてしまった。

ついに膝が折れた。

肩で息をして、晴明はうつろに天を見上げた。

太陽も月もない、灰色の空。

しばらくそれを見ていた晴明は、気がついた。

ずっと聞こえていた、自分を苛立たせる声も何もかもが、消えている。

人々が陰でささやく声。流れる噂。妖たちのざわめき。

そして何よりも、己れ自身が己れにかける、斬りつけるような冷たい言霊。

いまこの瞬間、それがすべて消えていた。

そして、空っぽになった心の最奥から、迸るように沸き上がってきた想いがあった。

ほしいものが、ある。

かなえたい願いが、ある。

生き飽いたとうそぶきながら、自分の心が真に欲していたものからは目を背けつづけて生きてきた。

天を見上げながら、晴明は目を細める。

だが、この身に巣くった闇は、毒は、穢れは、もう消し去ることはできないほどに奥深くまで染み込んでいるのだ。

自分にまっすぐ向かってくる男がいる。

命を懸けてくれるなと涙した姫がいる。

彼らに向けてさしのべたい腕は、数多の命と血に濡れて、取ってもらう価値もない。

これが陰陽師だと、そう言った言葉は真実。

だが、陰陽師ではない晴明が、化生でもない晴明が、それだけでは足りないと訴える。

十二神将は残酷だ。だが、彼らは神であり、その主たる人間は、自分自身というものを知り尽くさなければならなかったのだ。

一体どれほどの者が、それに耐え抜くことができるだろう。

誰しも自分の醜さなど見たくはない。愚かさなど見たくはない。浅ましさなど、汚さなど、卑しさなど。

そして、そんな当たり前の人間には、十二神将は過ぎた存在だ。大きすぎる力に翻弄されて、いつか道を誤り、神将殺しの裁定を下すことになるのだ。

同時に主は己れも罰しなければならない。何かを得る者は同時に義務と責任も負う。

そこから逃げ出す者には、得る資格そのものがない。

ここに至るまでの道程はすべて、それらを突きつけるためのものだったのだ。

天を見上げていた晴明は、ぽつりと呟いた。

「――……それでも…」

晴明は、ここまで来た。

必死で抗って、無力さを思い知り、命を捨てる覚悟を決めて。

それはすべて、晴明自身が歩んできた道なのだ。

心が唐突に凪いだ。

その刹那、風が吹いた。

頬に当たったその風が、いやにぬるい。

ふいに、鋭利な針にも似た視線を感じた。

突き刺さるようなそれは、真後ろから晴明をまっすぐに射貫いている。

「…………っ…」

それを知覚したと同時に、晴明はまるで蛇に睨まれた蛙のように、指一本動かせなくなった。

額に、背中に、冷たい汗がどっと噴き出す。

生ぬるい風が、徐々に熱をはらんでいく。そしてそれはいつしか、肌を刺すほどの熱を帯びて激しさを伴っていった。

熱風が砂塵を舞い上げる。熱に焼かれた土埃が晴明を襲う。

ごうごうと音を立てて荒れ狂う灼熱の風は、やがて嵐のように威力を増していく。

晴明を翻弄するその嵐は、そのまま苛烈な神気の具現だった。

土を焼き肌を焼き、晴明の意思を焼いて心を砕くほどの凄まじい波動。

微動だにできない晴明は、ようやく息を吸い込んだ。

これが。

「……十二神将……火将、騰蛇……！」

うめいた晴明は、その瞬きひとつの間に理解した。

水将天后が、最強の将を使役にと望むなかれと、なぜ進言してきたのか。

金将白虎、木将六合、彼らが告げた言葉の意味。

諸刃(もろは)の剣(つるぎ)。強すぎる力は禍(わざわい)をなす。

これは、自分ごときの手に負える類(たぐい)のものではない。

生まれて初めて、晴明は心底恐怖(きょうふ)した。

真紅(しんく)の風が視界を埋(う)め尽(つ)くす。大きくうねって高波のように広がっていく真紅の陽(かげ)炎(ろう)。

揺(ゆ)らめく風の中に炎(ほのお)が踊(おど)る。顕現(けんげん)した渦巻(うずま)く炎が揺れている。

これまでに下した十一名の神将たちとは明らかに一線を画した、桁違(けたちが)いの神気だった。

あまりの恐(おそ)ろしさに、晴明の思考からすべてが抜(ぬ)け落ちた。まったくの空白が脳裏(のうり)を席巻(せっけん)する。

凄絶(せいぜつ)な、苛烈すぎるほどの炎。何もかもを焼き尽くし、あとに何も残さないような。

無になった晴明の心に、先に下した闘将(とうしょう)の声が甦(よみがえ)った。

――その力は、すべてのものを焼き尽くす地獄(じごく)の業火(ごうか)。最強にして最凶(さいきょう)の闘将……

それまで凍(い)てついていた晴明の双眸(そうぼう)に、ひとつの光が宿った。

「……最凶…」

同胞(どうほう)である神将たちにすら恐れられ、まるで拒絶(きょぜつ)されているかのような、最凶の将。

晴明の心が、それに否を訴(うった)える。本能が恐怖する、そのさらに奥で。

強すぎる力を持つがゆえに、忌(い)まれて疎(うと)まれる。

それはまるで。

まるで。

人々に恐(おそ)れられ、忌まれて疎まれる、半人半妖(はんにんはんよう)の、己れの姿ではないか――。

周囲では相変わらず、灼熱(しゃくねつ)の炎が渦(うず)を巻き踊(おど)っている。

にもかかわらず晴明は、がちがちに硬直(こうちょく)していた全身からふっと力が抜けたのを自覚した。

人は、己れの見たいものを見る。己れの中に在るものを、そこに見出(みいだ)す。

恐ろしいと思えばそれは、心底恐ろしくなる。

しかし、本当に恐ろしいか。恐ろしいだけの存在なのか。

揺れ動き、渦を巻く灼熱の炎は。地獄(じごく)の業火は、ただ恐ろしいだけのものなのか。

いいや、違(ちが)う。晴明は知っている。

炎は確かに恐ろしい。だが、炎は罪を焼き、咎(とが)を焼き、穢(けが)れを焼いて浄化(じょうか)する。

地獄の底になぜ業火が燃え盛っているのか。それは、到底(とうてい)贖(あがな)いきれない罪科を、その炎で浄化するためではないのか。

ならば、騰蛇とは。

未(いま)だに震(ふる)えと強張(こわば)りの残る四肢(しし)を叱咤(しった)しながら膝(ひざ)を立て、のろのろと振(ふ)り返る。

灼熱の颪にあおられて、晴明はよろめいた。

視界を覆って炎が踊る。それは光の射さない地の底にあって、罪も咎も穢れも、およそ不浄とされるすべてを呑み込む、唯一の救いではないのか。

では、それに焼かれたものが行き着く先はどこにある。

地獄に落ちた罪人はその炎に身も心も焼かれて。罪も咎も穢れもその炎に焼かれて。

ならばその先にあるのは、すべてを削ぎ落とした先に行き着く場所は。

「…………」

真紅の闘気が渦巻いて、まるで大輪の花のように見えた。

晴明の脳裏にひとつの光景がよぎる。

罪なき者が行きつく先は、光と平穏に満ちた、水面に花の咲く天上の国。

そこに咲く花は、泥の中から芽を出して茎をのばし、目にも鮮やかな大輪の。

頬を焼くほどの熱風の中、真紅の闘気に包まれた姿がある。

それをはっきりと認めて、晴明はそのまま膝をついた。

今度こそもう、動けない。

その炎は、地獄の――。

「……なんだ…」

ぼろぼろの満身創痍で、晴明は憑き物が落ちたような顔で呟いた。

「……きれいじゃないか」

灼熱の闘気に包まれた神将が、僅かに瞼を震わせる。

凄まじい熱風が晴明の頬を撫で、髪を遊ばせる。

もしもこの炎が本当にすべてを焼き尽くすならば、晴明に染みついたものも残らず焼き尽くしてくれるだろうか。

彼岸を求める心を、闇を欲する衝動をすべて祓い去り、此岸に留まりつづけられるように。

そうして、いつかあの花が咲く地のように、この身も光の下に堂々と立てるようになれるだろうか。

渦巻く神気が少しずつ静まっていき、神将の全貌があらわになっていく。

おそらく、誰よりも長身だろう。年の頃は青龍たちとほぼ同じか。晴明よりもやや年かさのような見てくれだ。真紅より濃色の髪はざんばらで、肩につかない程度の長さ。精悍な面立ち。金色の双眸は鋭利な輝きを放ち、晴明をまっすぐに見据えてくる。

尖った耳、閉じられた口元に鋭い犬歯が覗く。

褐色の肌には不思議な紋様があり、仏像に似た出で立ちで、剝き出しの肩には無駄なく筋肉がついている。両腕に細長い絹布が絡み、闘気にあおられてなびいている。

これが、最強の凶将騰蛇。

何人もの神将が使役（しえき）に下すなかれと言い募（つの）った男。

だが。

だらりと下げていた右手を持ち上げて、晴明は騰蛇をついと指した。

「……その…」

騰蛇が胡乱（うろん）な視線を向けてくる。晴明は独り言のように呟いた。

「…その身にまとう炎は地獄の業火だなどと、いったい誰が言ったのか……」

騰蛇が驚（おどろ）いたように瞠目（どうもく）した。

対する晴明は、瞼を震わせる。

天上に、その水面（みなも）に。

「まるで、水面に咲き誇（ほこ）る……紅（くれない）の蓮（はす）のようじゃないか……」

呟いて晴明は、ひとつ、とても大切なことを思い出した。

そういえば自分は、これまで使役に下した神将たちに、式としての名をまったく与（あた）えずにきてしまった。

名前は一番短い呪（しゅ）だ。名を与えるということは、己（おの）れの眷属（けんぞく）として従えるという魂（たましい）の契約（けいやく）だ。

闘気に渦巻く、紅の蓮。

晴明は、鉛（なまり）のように重い瞼を閉じた。

「……よし。お前の名を、紅蓮としよう」

その炎にこの身の陰をすべて浄化されたなら。

「美しく、涼やかな水面に咲き人々の心を和ませる、紅蓮の花のようであれと……」

自身の声が、やけに小さい。

意識が遠のいていく。

晴明はそのままぐらりと傾いた。

気を失って倒れかかった晴明を、寸前で騰蛇の腕が受けとめた。

青年はもはやぴくりとも動かない。

十二神将騰蛇は、その青白い面差しを見下ろした。

半人半妖の青年。ここに至るまでの彼の心の機微、行動、言質。そして、それに対する同胞たちの言動。

それらすべてを彼は見ていた。

同じ十二神将でありながら、騰蛇の存在は特異だ。よほどのことがない限り、同胞たちは彼の許に姿を現さない。中には、彼の神気にあからさまに怯える様を見せるものもある。

同胞であって、どこか異質。最強にして最凶の将は、生まれながら異端の存在だった。

十二神将は人の想いの具現だ。こうであれという人間たちの心が、神将たちを生み出し、その容貌を作り上げた。

騰蛇のみが同胞たちとは一線を画した異端の様相を呈するのは、あまりにも強すぎる力に対する、人間が持つ本能的な部分での畏怖と拒絶ゆえのものだろう。

自分たちとは異質なもの。自分たちとは違うもの。

その差異は、目に見えるものでなければならない。一見してわからないものは、必要以上に気味が悪く、恐ろしい。

誰が見ても異質さが明確であれば、恐怖に理由が生まれる。

そう、人間には理由が必要なのだ。

それゆえの風貌。騰蛇自身はそれをとうに悟っている。それは諦観にも似た受容だった。

人間は、騰蛇を恐れるだろう。その神気に怯え、炎に怯え、強すぎる力を拒絶するだろう。

それでいい。

強すぎる力は諸刃の剣。力のみを求めるものは、身を滅ぼす。

だが、この男は。

正体を失っている青白い面差しを見下ろして、騰蛇はひとつ瞬きをした。

恐れを超えた何かを、彼はそこに見出した。

これまでずっと向けられていたもの以外のものを、騰蛇は初めて示された。

人は、己れの中にあるものだけを相手の中に見る。

己れの中にないものは、決して見出せない。

ずっと結ばれていた唇が、漸う動いた。

この男が、最強にして最凶の、十二神将火将騰蛇に見出したものは。

「………紅蓮…」

八

◇　◇　◇

元服の日に、あまり多くを語らない父がぽつりと言った。
血筋、かな。
と。
訝ると、父はぽつぽつとつづけた。

幸か不幸か、私にはこの血に伝わる力はさほど受け継がれなかった。
だから、お前の母とも、ともに在れたのだと思う。
そろそろ、お前の名を呼ばなければならないだろう。
成人の日まで決して呼んでくれるなと、お前の母が、葛の葉が、最後に言い残した。

息子(むすこ)よ。

あれが一度も呼ぶことかなわなかった、お前の名は――――。

◇　◇　◇

六道の辻(つじ)を過ぎて鳥辺野に入った辺りで、馬は怯えて進みたがらなくなった。

何度もなだめてどうにか進む。

昼でもあまり足を踏(ふ)み入れたくない葬送(そうそう)の地だ。あちこちに野辺送りのあとと土の盛り上がりがあって、狭間(はざま)を覗(のぞ)くことを生業(なりわい)としている岦斎でもうす気味が悪い。

それでも、幾度(いくど)も占(せん)じた結果は確かにこちらを示していた。

姫(ひめ)の居所だけでなく、晴明の護符(ごふ)もこちらだと、占は示している。ふたつのものが同じ場所にあると信じて、岦斎は進んできた。

この奥に果たして何があるというのか。

「確か、……寺が…」

何度も住職が代替わりし、いまでは継ぐ者がおらず朽ち果てた寺があったはずだ。そこだろうか。

「馬、頼む、あっちだ」

手綱を引いて馬をそちらに向かわせながら、岦斎は都を振り返った。

「あいつ、何をもたもたしてるんだ」

じきに陽が暮れる。暮れきってしまえば、夜は化生の味方となる。できることなら、その前に。

岦斎は懐から自作の符を抜いた。

手早く折って息を吹きかける。すると符は一羽の鳥に姿を変えた。

「晴明のところへ！」

鳥は岦斎の手から飛び立った。

◆　　◆　　◆

指先がぴくりと動く。

左頬にひやりとしたざらつきを感じ、晴明ははっと目を開いた。

橙色の光が辺りを照らしている。

周囲には青々と生い茂った木々が立ち並び、そよ風に木の葉を揺らしていた。

鳥のさえずりが遠くから轟く烏の声に掻き消される。

身を起こした晴明は、自らが描いた魔法陣の中に横たわっていたことに気づいた。

「私は……」

ひどく消耗していたはずの体は、どこにも異常がない。神将たちとの度重なる対峙に相当傷んでいたはずの衣も無傷で、汚れひとつ見当たらなかった。

「これは…」

「目覚めたか」

厳かな声に、晴明は背後を振り返った。

「天空!」

十二神将天空が、結跏趺坐の姿勢で杖を手に浮いている。その瞼は閉じられており、瞳は隠されていた。

しかし、晴明は確かに、彼が目を開いたところを見たはずなのだ。

「これは、一体…」

狼狽する晴明に、天空は薄く笑んだ。

「おぬしの宿体(しゅくたい)はこの場にありつづけた」

「では、あの世界は？」

「おぬしの心だけを、我らの住まう異界へ誘(いざな)った。人界では色々と、障(さわ)りがあるゆえ」

なるほど、だから傷も何もないのか。

「異界では、人間はさほども生きてはいられぬ。わしが作り出した形代(かたしろ)の体におぬしの心を宿らせた。おぬしがかの地で見聞きしたすべては現実だ、決して夢などではない」

天空は結跏趺坐をとくと地に降り立った。手にした杖をかっと鳴らして、晴明の前で膝(ひざ)を折る。

「安倍晴明。これより、我ら十二神将すべて、汝(なんじ)が使役(しえき)としてその命に従おう」

と、それに呼応するがごとく、すべての神気がその場に降り立った。

姿こそ見せずに隠形(おんぎょう)したままだが、そこには確かに十二神将が揃(そろ)っていた。

「いや…」

呟(つぶや)いて、意識を研(と)ぎ澄(す)ます。

騰蛇の気配だけは、感じられない。

「我らが主(あるじ)よ」

重厚な呼びかけに、晴明は姿勢を思わず糺した。

天空は晴明に閉じた瞼を据えている。確かにその目は閉じられているのに、睨まれている気がした。

「我らは甚大な力を持った神族の末席。なれども、おぬしの使役と相成った。ゆえに、我らの力はおぬしの器に見合ったものとなる」

「なに？」

意味がわからず、晴明は怪訝そうに眉根を寄せる。

「平たく言うなら、おぬしが異界で目の当たりにした我らの力の半分も、この人界では出せぬということよ」

「なんだと!?」

驚愕する晴明に、老人はうっそりと笑って見せた。

「言うたであろう、おぬしの器に見合ったものとなる、と。我らの真の力を欲するならば、おぬしがそれに見合うだけの器となれ」

二の句の継げない晴明に、老人は更に宣告する。

「我らは確かにおぬしの式となった。しかし、おぬしが我らを失望させれば、我らは我らの矜持に従う」

「それは、期待が外れれば、容赦なく使役の任を放棄するということか」

「左様」

「……」

舌打ちしたい心境にかられた。まだ彼らは納得（なっとく）していないのか。

だが、いまはそれでいい。

晴明とて、死ぬまで彼らの主でいたいと思っているかと問われたら、それに対する答えを見出（みいだ）すことができない。

いま必要だから使役に欲した。それ以上でもそれ以下でもないのだから。

頭（かぶり）を振って、晴明は身を翻（ひるがえ）した。

「晴明よ、何処（いずこ）へ？」

肩越（かたご）しに天空を顧（かえり）みる。

「橘邸（てい）だ。嫌（いや）な予感がする」

そのときだった。

一羽の鳥が、まっすぐに飛んでくる。

一目見て、それがただの鳥ではないことがわかった。

「式…？」

鳥は晴明の頭上を旋回（せんかい）し、何かを訴（うった）えているかのようだ。

「岦斎、か…？　なにが…」

呟いて、晴明ははっとした。異界にて、ひどい胸騒ぎを感じた。

「急がなければ！」

走り出した晴明は、風に巻かれて息を呑んだ。

《ちょっと、何をやってるのよ》

隠形したままの風将の、苛立ちを隠さない不機嫌そうな声音だ。

全速力で山を下りながら、晴明は負けずに不機嫌そうに唸った。

「見ればわかるだろう！　貴船から都は遠い、急がないと…」

《だから！　わたしたちはもうあんたの式なのよ!?》

「ああ、ばけもの退治をしてもらうぞ、そのためにも早く橘邸へ…」

《そうじゃなくて！　ああああ、もう、まどろっこしいわね！》

焦れた太陰が実力行使に出た。

晴明を突風が取り巻く。息もできないほどの激しい風に翻弄され、晴明は思わず目をつぶった。

「うわっ！」

《ほら、行くわよ！　案内しなさい！》

ごうごうとした風の唸りにくわえて、ひどい揺れが襲ってくる。

何事かと目を開いた晴明は、仰天した。

空を飛んでいる。

凄まじい竜巻に呑まれて、晴明の体は空に浮き上がっているのだ。

「と、飛んでる…!?」

すぐ傍らに、小柄な神将が顕現した。

「ちょっと晴明、どっちに行けばいいのよ！　びっくりしてないで答えなさいったら！」

呆気に取られていた晴明は、はたと我に返って頷いた。

「あ、ああ…」

鳥は、都の東側、葬送の地の方角に向かっている。

「あれだ、あの鳥を追ってくれ」

示した先に鳥の姿を認めて、太陰は身を翻した。

「あっちね、よし、行くわよ！」

途端に風が強くなる。何の支えもない状態で風にまかれた晴明は、気分が悪くなって吐き気を覚えた。

ひどい有様だが、走っていくよりはましだ、たぶん。

自分自身を必死に納得させながら、太陰の風に乗って晴明は空を翔けていく。

◆　◆　◆

くずれかかった塀に囲まれた古い寺だった。

馬から下りた岦斎は、近くの木に手綱をつなぎながら、先ほどからひっきりなしに襲ってくる悪寒に身震いした。

恐ろしく強いばけものが近くにいる。できることならこれ以上近づきたくない。

ふと目をやった先に、白い紙のようなものが落ちていた。

駆け寄って拾い上げる。岦斎が姫に渡した晴明の護符だ。

間違いない。姫はここにいる。

「見つかって、奪い取られたのか……」

やはり、姫はこの符を肌身離さず持っていたのだ。

「馬、もしものために、お前、これを持っていろ」

符を馬の鞍に外れないように固定して、割れている門を押し開く。

荒れ果てて埃まみれを想像していたが、思ったよりずっときれいだった。

湿った空気はどんよりとしているものの、階も廊も拭き清められていて塵ひとつ落ちていない。

「随分、きれい好きなんだな」

　感心しながらも沓のままあがりこみ、奥へ奥へと進んでいく。

　ふいに、甘ったるい香りが漂ってきた。

「これは……」

　あの香炉に染みついていたものと同じ香だ。

　蔀が上げられて御簾の下がった広い部屋に飛び込む。

　古びた几帳と脇息などに囲まれて、橘の姫が横たわっていた。

　彼女の傍らに陶製の香炉が置いてある。破心香の香りがそこから立ち昇っていた。

　姫の面差しには生気がまるで感じられない。

　岦斎は真っ青になった。

「姫！　姫、しっかりしろ！」

　慌てて肩を揺さぶるが、姫は反応しない。胸元が僅かに上下しており、生きていることは確認できた。

　ほっとした岦斎は、香炉を摑むと外に投げ捨てた。

「これで……」

　ほっとしたとき、背後に妖気を感じた。

全身が総毛立つ。戦慄が四肢を搦め捕った。

突然岦斎の体が撥ね飛び、壁に叩きつけられた。

ずるずると崩れ落ちた岦斎は、何が起こったのかが理解できずに呆然となる。

体がばらばらになりそうな苦痛で顔を歪めながら目だけを動かすと、姫の傍らにひとりの公達が立っていた。

岦斎は慄然とした。

随分と背の高い、美しい容姿の男だった。この世のものとは思えない。岦斎を見ている瞳は銀色で、三日月の形に口が歪んでいる。

身にまとっているのは見慣れない衣装。大陸の書物の中に遥か西方の国の風俗について書かれたものがあったが、そこに描かれていたものに似ている気がした。

公達は口を開けて笑った。犬歯がいやに長い。

「……鬼……」

呟いて、体に力を込める。だが、凄まじい痛手を受けた岦斎は、未だに動けない。

公達は姫の頰に手を触れた。

「ああ、可哀想に。薄汚い虫けらに触れられて、さぞかし嫌な思いをしただろうねえ」

必死で動こうと足掻いていた岦斎は、公達の言い草に腹が立った。

「ちょっと、待て…！」

唸ると、公達は蔑みの目を向けてくる。

「虫けらは黙っていろ。目障りだ」

ぐっと腕に力を入れながら、岦斎は眦を決する。

「か弱い姫をだまして怖がらせてかどわかす輩のほうが、よほど虫けらだ！　おまけに心をおかしくするような香なんぞ使いやがって！」

公達は気分を害した様子で目をすがめた。

「だます…？　愛しい妻を取り戻すために、私がどれほど苦心したことか。貴様のような虫けらには、到底理解できないだろう」

ようやく起き上がった岦斎は、立てた膝で体を支えた。

「は？　誰が妻だと？」

意識のない姫を抱えた公達は、彼女の頬をいとおしそうに撫でる。

「ようやく帰ってきてくれた。随分時間がかかってしまったよ」

「姫に触るな、この外道が！」

怒鳴る岦斎を一瞥し、公達は剣呑な目で笑った。

「ああ、うるさい。さっさとどこかに打ち捨てて来い」

誰に向かって言ったものか。

訝る豈斎の横に、黒い影が出現した。

はっと視線を向けた瞬間、鋭利な爪が衣を裂く。

身をよじった豈斎は、壁に背を押しつけながら冷や汗を流した。

「……嘘だろう」

漆黒の狼が三頭、いつの間にか豈斎を取り囲み、唸っていた。

公達は狼たちに命じた。

「お前たちにくれてやる。外に引きずり出して、あとは好きにしろ」

狼の眼が金色に光る。舌なめずりをする口から、涎が落ちた。

豈斎は視線を走らせた。武器になるものはないか。

左右前に狼、後ろは壁。手近なところには何もなく、持っているのは止痛と止血の護符ばかり。

絵に描いたような絶体絶命だった。どうしよう。

公達は姫を軽々と横抱きにして身を翻す。

「おい、ちょっと待て！　姫をどうするつもりだ！」

ぐるぐると唸る狼たちにも意識を向けながら叫ぶと、公達は振り返った。

「我が妻を閨へ運ぶ。ここはお前のような虫けらが入り込めるような危険な部屋だからな」

姫の長い髪が床に流れる。それを見て、公達は眉根を寄せた。

「長すぎる…。あとで切ろう」

出て行く公達の背に岦斎は怒鳴った。

「待て！　女性の髪を切るだと⁉　そんなことをしたら悲しむぞ、おい！」

どれほど怒号しても公達は意にも介さない。

狼たちは少しずつ距離を詰め、岦斎を嬲ろうとしているようだった。

「冗談じゃないぞ、おい……」

刀印を作って身構える。

修験者は熊も封じるというが、いかんせん岦斎はまだ熊と遭遇したことがない。自分の術が獣に有効か、試したことがないのだ。

ふと、外から常軌を逸した馬のいななきが轟いてきた。

「馬⁉」

まさか、外にも狼が。

気にはかかるが、いまは自分自身が絶体絶命の窮地なのだ。

すまん馬、無事に生きて帰れたら、手厚く葬ってやる。

怯えたいななきと悲鳴。無数の羽ばたきがそこに重なる。鳥が集まってきているのか。

きいきいと、耳ざわりな鳴き声が聞こえる。一体何が起こっているのだ。

狼が激しく鳴いた。鼓膜をつんざくような激しい咆哮だ。

同時に、凄まじい振動が建物全体を震わせた。

古びた屋根に突っ込んだ竜巻は、建物を半壊させた。

瓦礫と木っ端が降り注ぐ中、晴明はふらふらと立ち上がる。

気分は最悪だった。いまも吐きそうで、気力でそれをやり過ごしているのだ。

一方、太陰は平然としたもので、自らがあけた大穴を振り仰いで眉を吊り上げた。

「しつっこいわねぇ！」

黒い塊が向かってくる。それは、蝙蝠の群れだった。

きいきいと鳴きながら飛びかかってきて、鋭い牙と爪で晴明と太陰を襲う。

この古い寺に接近した辺りから、蝙蝠の数が異様に増えて、追尾されていた。

太陰が何度も風で追い払っていたのだが、時を追うごとに数が増え、竜巻の中に突進してまとわりついてくる。

蝙蝠たちは統制されたようにして、太陰と晴明を執拗に狙ってきた。

「なんなのよこれは！　鬱陶しい！」

怒り心頭に発して、太陰は神気を爆発させた。

蝙蝠たちが吹き飛ばされる。それと一緒に晴明まで巻き添えを食らった。

壁に叩きつけられた晴明に気づいた太陰は悲鳴をあげる。

「きゃあっ！　何やってるのよ晴明！」

誰のせいだと内心で毒づきながら、晴明はのろのろと立ち上がる。

「姫は、どこだ…」

その耳に、真言の詠唱が聞こえた。

晴明ははっとした。

「岦斎⁉」

建物の反対側から霊力と術の波動が伝わってくる。

獣の悲鳴が轟いた。つづいて咆哮と遠吠えが。

「狼⁉　太陰、蝙蝠を散らしてくれ！」

「え？　ちょっと、晴明！」

太陰をそこに残して駆け出した晴明は、足元に蠢く無数の縄に行く手を阻まれた。

「蛇⁉」

絡まりあって蠢く蛇が、らんらんと光る目を一斉に向けてくる。うなじに冷たいものが駆け下りた。無意識に視線を滑らせると、更なる蛇の群れが簀子に這い上がってくるのが見えた。

「なんだ、これは…」

建物全体に異様な気配が立ち込めている。あのばけものの妖気が充満し、それに導かれるように蛇が集まってきているのだ。

「操っているのか」

幾つもの咆哮が外から聞こえた。馬のいななきがそれに重なり、怯えた悲鳴と蹄の音がひっきりなしに生じる。

蛇たちが一斉に跳ねた。さしもの晴明も息を呑む。

その眼前に、ふたつの人影が顕現した。

突如としてあがった水柱が蛇の塊を押し流す。ざわざわと這いよる蛇を散らして、辺り一面を水の幕で覆う。

ふたりは晴明を振り返り、呆れた様子で口を開いた。

「晴明よ。なぜ我らに命じないのだ」

「僭越かとは思いましたが、見ていられなかったものですから」

玄武と天后だった。玄武の織り成した水の幕は、あとからあとから飛びかかってくる蛇の群れをまったく寄せ付けない。

天后が外を眺めやった。

「馬が一頭、つながれています。狼と蛇に取り囲まれて、気も狂わんばかりに暴れている様子。お許しをいただけましたら、あれを救ってやりたいと思うのですが」

「は？」

思わず聞き返した晴明に、天后は生真面目な様子で言い募った。

「どうやらあの馬は、晴明様のお力で生き延びているようです。いかがでしょう」

自分の力でと言われても、心当たりがまったくない。が、見殺しにするのも忍びないので、晴明は曖昧に頷いた。

「あ、ああ」

「では」

一礼して、天后はふっと姿を消した。

「晴明、あれを」

玄武が指を差す。それを追う晴明に、幼い子どもの形をした神将は、甲高い声で重々しく言った。

「烏と蝙蝠が群れを成している。どうやら、お前の言っていたばけものの差し金だ。我らはあれを一掃してきたいと思うのだが」

「我ら？」

怪訝に聞き返すと、ふたつの神気が降り立ち顕現した。

白虎と朱雀だ。

晴明は瞬きをした。

「構わない、が…」

と、三名はふっと隠形する。

ふうと息をついて、晴明は身を翻す。

その行く手に、赤い百足の群れがいた。

越えようとした途端に百足たちが飛び跳ねる。晴明は慌てて下がった。

虫に蛇、蝙蝠に狼。これだけの動物を自在に操るばけものなど、晴明は聞いたことがない。

《晴明様》

鼓膜に直接聞こえた声は天一のものだ。

「なんだ」

《我らにもお許しをいただけますか》

晴明は思わず天を仰いだ。十二神将は、自己主張が激しい。

半ば自棄になって大仰に頷いた。

「もう、好きにしてくれ」

《では》

心なしか嬉しそうに応え、天一と、ほかの幾つかの気配が消える。

晴明は目眩を覚えた。暗澹たる思いに囚われる。あれらをちゃんと使いこなすのは、もしかしたらかなりの難題なのではないだろうか。

辟易して息をついたとき、晴明の背筋を戦慄が駆け上った。

「――――っ！」

がばりと振り返る。

見たことのない公達が、立っていた。

公達は周囲をぐるりと見渡して気分を害した様子を見せた。

「せっかく手入れをしたのに、なんという真似をしてくれたんだ」

晴明は一歩下がった。これほど接近されるまで、まるで気配を感じなかった。

ぞわぞわとした悪寒がひっきりなしに生じる。この感覚を晴明は覚えていた。あの賀茂祭の日に、牛にまたがっていたばけものが放っていたのと、同じもの。

晴明よりよほど長身の公達は、はりついたような笑みを作った。

「ああ、お前はあの日私の邪魔をしてくれた虫けらか」

肌が粟立つ。晴明は目いっぱいの虚勢を張って公達を睨んだ。

相手は応えた様子もない。

「お前があんなところで出てこなければ、妻はいま頃昔に戻っていたはずなのに」

「妻、だと…？」

晴明の脳裏を、閃光が駆け抜ける。

「どういうことだ？　まさか最初から、すべて貴様が仕組んだことだったのか⁉」

晴明の激しい問いに、公達は笑うばかりだ。

「あんなふうに追い詰めて、何が楽しい…！」

いきり立った晴明に、公達は笑みを消して剣呑に睨んできた。

「何も知らない虫けらが、偉そうな口を叩くなよ。彼女は私の愛する人、この数百年、捜しつづけてきた女性だ」

思わぬ告白を受けて、晴明は絶句した。

いま、この男はなんと言った。数百年捜しつづけたと、そう言ったのか。

公達が笑う。その口元に、異様なほどのびた犬歯が覗いた。双眸が時折銀色に光る。

不思議な、異様な虹彩。

この国に、こんなばけものはいない。少なくとも晴明は見たことがない。

だが、待て。大陸に、そういったばけものがいなかったか。

記憶のなかから欠片を拾い上げる。

大陸の奥、天に届くほどの頂を越えた、絹の道の果て。

鬼人。牙を持ち、人血を吸うという妖怪。吸われた者は、同じ鬼人に変貌する――。

「貴様…鬼人…⁉」

公達が笑う。晴明は戦慄した。

「…っ！」

すると、そこにふたつの影が顕現した。

「六合、青龍…」

身構えた六合が、晴明を一瞥する。

「行け」

青龍は無言だ。

晴明は少し逡巡したが、頷いて駆け出した。

公達がそれを阻もうとするのを、六合と青龍が立ちはだかって制した。

公達は憤怒の形相を作った。

「邪魔をするな、使い魔ども…！」

唸りとともに、激しい妖気が迸る。

妖気の生み出す風にさらされながら、青龍が吐き捨てた。

「大陸の遥か西方に、この手合いの妖がいたな」

同胞に頷き、六合は左腕にはめた銀輪を外した。瞬きひとつで銀輪が槍に変化する。

公達は諸手を広げた。その手から、黒い霧のようなものが立ち昇っていく。

「我が妻を取り戻した宴の余興だ。使い魔ども、貴様ら全員の血で、婚礼の衣装を染め上げてくれよう」

術を仕掛けて三頭の隙をつき、外に転がり出た岦斎は、そこに待ち構えていた十頭以上の群れに出くわして、さすがに覚悟を決めた。

飛びかかってきた狼の牙に、岦斎は観念して目を閉じた。

瞬間、強大な神気が降り立った。

狼たちが撥ね飛ばされて哀れな悲鳴をあげる。

いつまでたっても痛みが襲ってこないことを訝り、岦斎はそろそろと瞼をあげた。

目の前に、見たこともない美貌の青年と少女がたたずんでいた。

口をぽかんと開ける岦斎に、ふたりは丁寧に頭を下げる。

「お怪我はありませんか？」

「無益な殺生はさけたいと思いますので、しばらくこのままでいることをお許しください」

はたと気づけば、仄かに光る結界に包まれて、その周囲を狼たちが取り囲んでいる。

獣たちは結界に突撃し、爪と牙を立ててくるが、障壁はびくともしない。

岦斎は恐る恐る尋ねた。

「ええと……、もしかして、……十二神将？」

ふたりは控えめに微笑んで首肯する。岦斎は、その場にへなへなと座り込んだ。

「晴明……」

目を閉じて、ほうと息をつく。

十二神将は存在していた。そして晴明は、彼らを見事に掌握したのだ。

「姫！　姫、何処だ、姫！」

塀に囲まれた広い敷地には、幾つもの建物や蔵などが風雨にさらされている。

公達がいた母屋から渡殿でつながった別棟に移動し、名を呼びながら駆け回る。

返事はない。

「姫！　くそ…っ！」

まさか遅かったのか。

別棟につながる渡殿で立ち止まり、高欄を力いっぱい殴りつける。

「……っ…！」

《晴明》

耳の近くで声がする。うつむいたまま、晴明は唸った。

「なんだ、勾陣」

十二神将勾陣が顕現する。彼女はついと蔵を指差した。

「あの中に、何かを隠す結界が張られていると、天空が」

なぜ天空本人が出てこないのかとも思ったが、老体ゆえに控えているのかもしれない。

晴明は言われるままに蔵を目指した。そのあとにつづこうとしていた彼女は、ふと立ち止まって空を仰いだ。

東の空は群青に、西の空は血のような真紅に。

葬送の地で、亡者どもが騒ぎ出している。早々に決着をつけなければ、厄介なことになる。

固く閉ざされていた蔵の扉は晴明の力ではびくともしなかった。

代わった勾陣が取っ手を掴み、無造作に引くと、ばきばきと音を立てながら開く。

入り口から入ったところから一段高くなっており、幾つかの燈台が灯っている。天井の梁から布が下がり、茵の周りを囲む木枠に垂れていた。

「……御帳台…？」

剣呑に唸った晴明は、御帳台の中に端座した橘の姫を認めた。

「姫！」

駆け寄ろうとした晴明の腕を、背後の勾陣が掴んで止めた。

「待て。迂闊に近寄るな」

勾陣が腰帯から得物を引き抜く。

振り上げた筆架叉を、ひゅっと音を立てて振り下ろす。刃のような神気が放たれ、御帳台の寸前で音を立てて四散した。

晴明は唖然と呟いた。

「結界……」

「先ほどそう言ったはずだが」

勾陣の言葉が晴明の感情を逆撫でする。

憤りながら彼女の手を振り払った。

「私がわかるか、姫」

端座した橘の姫は、まるで精巧に作られた人形のように硬直していた。

瞬くこともせず、曇った瑠璃のような瞳も何も映さない。

ほんの少し肩が上下している。呼吸はしているのだ。

暗示か術をかけられているのか。それとも、もう。

姫の後ろに、異国風の見慣れない衣装があった。純白で、冬の氷襲に似ている。

目を細めた勾陣が、ついと指を差した。

「あれを」

姫の首筋に、ふたつの小さな傷があった。そこから一筋の血が流れている。

愕然として、晴明はぐらりとよろめいた。

鬼人は、その鋭利な犬歯を首筋につきたてて吸血する。そうして鬼人に血を吸われた者は、人の身を捨て同じ化生に変貌するのだ。

遅かったのか――――。

そのとき、背後で何かが爆発した。稲妻にも似た閃光が四散する。

晴明と勾陣は弾かれたように振り返った。

土砂が舞い、木っ端が散る。

もうもうと上がった土煙の向こうから、ゆったりとした足取りであの公達が、鬼人が現れた。

「六合と青龍は⁉」

と、それに呼応するように、ふたりが土煙の中から躍り出る。

晴明と鬼人の間に滑り込んだ神将たちは、思いのほか消耗しているようだった。

「六合、青龍、どうした」

勾陣が尋問すると、青龍が忌々しげに吐き捨てた。

「いくら攻撃をしても、まったく応えない。まるで不死身だ」

さしもの勾陣も驚いた様子を見せた。あの青龍をしてこう言わしめるとは。

「予想以上に厄介な相手だ」

六合が抑揚のない口調で言い添える。

それまで沈黙していた晴明が、神将たちの間を割って前に出た。

鬼人は晴明を認め、笑った。

「我が妻の私室に入った罪は許してやろう。このまま去れば、命は取らずにおいてやってもいい。もう一匹の虫けらとともに、黙って消えろ」

そうして鬼人は、蔵の奥にいる姫に陶然とした視線を向けた。

「長かった…。遥か西国の地で、虫けらどもに妻を奪われてから、どれほどこの日を待ち焦がれていたことか」

「奪われた…？」

鬼人は気まぐれを起こしたのか、答えた。

「この東の果てに住むお前たちには、想像もつかないだろう。海の果て、山を越え川を渡り。死の間際に彼女が残した言葉を頼りに、その魂を捜し求めた」

この世でもっとも早く日が昇る地で、あなたを待っている――。

鬼人は両手をのばした。

「この手の中で…白木の杭を打たれた彼女は、灰と化して消えてしまった…。憎き人間の手によって奪われた…！」

その双眸が激情でぎらつく。憎々しげに笑うと、牙が剝き出しになった。

「勿論、相応の報いをくれてやったさ。村ひとつ、潰してやった」

直接手を下した男たちだけではない。逃げ惑う女子ども同罪だった。

鬼人が放つ怒りの波動が晴明の直感を刺激し、その凄まじい情景が流れ込んでくる。

ばけものの力で空は荒れ、川は氾濫し。無数の雷によって建物は貫かれ、幾つもの軀が黒焦げになって転がっている。逃げ惑う女子どもを獣たちが嬲るように追い立て、男たちの胸には焦げた杭が突き刺さっている。

その凄惨な光景のただなかで、鬼人は嗤っていた。

それは罰だった。愛するものを無理やりに奪った人間たちに、鬼人は正当な罰を与えたのだ。

「そして私は旅に出たのだよ。彼女の最後の言葉を頼りに」

長い長い無限のときをともに生きる伴侶。鬼人の望みは、彼女を再びその腕に抱いて、二度と離さぬことだった。

「彼女が人間に生まれついてしまったのは、仕方がない。もう一度祝福を与えればすむ話だ。そしてあの体に、彼女の魂の奥深くで眠っている我が妻を呼び戻す」

晴明の眉が、ぴくりと動いた。

滔々と語っていた鬼人に、晴明は低く唸った。

「……では…貴様が欲していたのは…」

「妻の心の、入れ物だよ。傷つけないように手順を踏んで、ようやく取り戻した」

素直に求婚に応じてくれれば簡単だったのに、彼女の上辺の心が抗ったせいで、かなり難渋した。

人として生まれたがゆえの心が恐れていることなど、とうにわかっていた。だから心を壊すべく、大陸の国で手に入れていた香を使ったのだ。

体を無傷で手に入れ、牙の祝福を授けて、闇に生きる者として生まれ変わらせるために。

夜の帳が覆った空を見上げて、鬼人は諸手を広げた。

「さあ、忌々しい陽は暮れた。虫けらども、我が領域へようこそ」

鬼人の牙が覗いて、双眸が怪しく光った。

「だから、早く去れと言っていたのに」

きいきいと、蝙蝠たちが鳴いている。狼の遠吠えがあちらこちらから轟き、ざわざわとした声なき声がそこかしこから生じる。

ここは鳥辺野に近い。眠っていた亡者どもが、鬼人の放つ妖気に引き寄せられて集まりだしているのか。

晴明は、鬼人を睨んだ。

「貴様がこの国の妖だろうと、異国のばけものだろうと、亡き妻を捜している哀れな男だろうと、知ったことか」

両手を握り締めて、震わせる。

「私にわかっているのは、貴様を倒さなければ、姫は救われないということだけだ」

ここに至るまで、晴明はどこかで神将たちを警戒していた。彼らがその言葉どおり自分に従うのか否か。端々に見える彼らの言動からはどうしても信じられなかった。しかし、そういったこだわりや疑いなどすらも凌駕するほどに、晴明は怒りに震えていた。

身勝手な鬼人の言い分。そう、ばけものは身勝手なものだ。

ならば、その血を半分受けた自分の身勝手な言い分を通して、何が悪い。

結印し、晴明は宣言した。

「我が許に集い、すみやかに我が意に従え、十二神将！」

すると、その場にいた三人のまとう神気が、豹変した。

これまで彼らは、自らの意思で顕現していた。

が、いまは違う。主の命が下ったのだ。

それまで抑制していた力を解き放つ。

神気のうねりが生じた。

各所に散っていたはずの神将たちが次々に姿を現し、鬼人を取り囲んでいく。

それは奇しくも、晴明が貴船に描いた十二芒星と同じ構図だった。彼らの神気が魔法陣を形成し、神気が光の柵となって檻を成す。

が、騰蛇の姿だけがない。

騰蛇を前にして、晴明は意識を失った。彼が果たして晴明の使役に下ったのか、それを確かめる間もなくここに向かってきた。

勾陣は自分に従っているように見える。彼女は己れの進退を騰蛇にゆだねるといった。では、騰蛇は式に下ったのか。それとも形だけ下って、力を貸すつもりはないのか。

五行はすべて揃うことで無限の威力を発揮する。火将がひとり欠けていては、火行だけが弱まる。火が弱まればほかが強くなり過ぎて、力の均衡が崩れてしまう。

神将たちに囲まれた鬼人は、激しい神気の中で悠然と屹立していた。

「封じ込めたつもりかもしれないが、均衡を欠いている。脆い箇所を突けば、力はすべて貴様ら自身に跳ね返る。やって見せようか」

鬼人が右手をひらめかせた。迸る黒い霧が神将たちの通力を押し返し、せめぎ合う。

霧が手のように変形し、戦う力を持たない小柄な玄武や天一、太裳を取り巻いて締め上げる。

「天貴！」

朱雀が血相を変えるが、彼にも鬼人の妖気が及んでいた。邪気に満ちた水膜が出現して呑み込み、神気を奪っていく。

ほかの神将たちも同様だった。木将には金気、土将には木気、金将には火気、水将には土気。

それぞれの属性を剋する力を巧みに操り、神将たちを圧倒していく。

「鬼人は、五行を操れるのか…！」

さすがに晴明は慄然とした。五行相剋をもって神将たちの神気が封じられていく。

このままいけば神気は相殺され、神将の力で編んだ封縛の結界は無効となる。

ただでさえ十二芒星の一角が欠け、均衡が取れないのに、これでは早々に破られる。

空位になっている芒に向けて放たれた妖気は火花を散らし、神将たちの隙間を縫って晴明に衝撃を及ぼした。

弾く間もなく、火花は晴明の右肩を切り裂いた。鋭い破裂音が生じて鮮血が散る。

一瞬よろめいた晴明はなんとか踏み留まり、深呼吸をした。

鬼人の妖気と全力で対抗しながら、神将たちは晴明に視線を注いでいる。

彼らは晴明の器を量ると言った。神将にすべてを任せて己れは安穏としているような人間に、彼らが従うとは思えない。

「そのまま鬼人を押さえ込め！」

晴明の命に従って、彼らは天空を核に鬼人を封じる結界を更に強固に織り成していく。

結界を幾重にも織り上げていく神将たちの神気は、晴明が考えている以上に清浄で高潔だった。

半人半妖の自分には、到底持ち得ないものだ。

だが、晴明には晴明のやり方がある。

安倍晴明は、陰陽師だ。

陰陽師は、星を読み、暦を作り、吉凶を占って。

悪鬼怨霊、魑魅魍魎を調伏し、人々の安寧をはかるのが役割。

いかなるばけものであっても、それを屠る術は洋の東西でさほど変わるまい。

出血の止まらない右手と左手で結印する。

鎗の印。

「謹請甲弓山鬼大神此座降臨影向し邪気悪気を縛り給え」

日の印。

「謹請天照大神　邪気悪気妖怪を退治し給え」

天結の印。

「天之諸手にて縛り給い」

地結の印。

「地之諸手にて結び給い」

晴明が印を組み替え、呪文が響くごとに、それまで余裕を見せていた鬼人の表情が変わっていく。

「貴様、何を…！」

牙を剝いた鬼人は、己れの両足が根を生やしたように動かなくなっていることに気づいた。

見れば、徐々に色を変え、石のように変質しているではないか。

鬼人は周囲を見回した。

諸手を広げた神将たちの全身から立ち昇る神気。

それが重なり合い、うねり合いながら光を放って鬼人の妖力を搦め捕り、押し潰していく。

「よくも…っ、虫けら風情が！　いまなら生かしておいてやるぞ！　忌々しい術を解け！」

鬼人の咆哮が耳朶を叩く。しかし晴明は詠唱をつづける。

釧の印。

「天地陰陽行神変通力」

硬化が四肢から胴に広がり、首から上だけを動かして鬼人は絶叫した。

「昔もいまも、貴様ら虫けらの分際で、よくも、よくもぉぉぉっ！」

怒号とともに妖力が噴出する。

神将たちはそれを全力で押さえ込む。神気のうねりは相生の軌跡を生み、十二芒星を描いた魔法陣を堅固なものにしていく。

動けない鬼人の口から激しい唸りが漏れた。禍々しい鬼気が迸り、神将たちの足元で次々と爆ぜる。

晴明は釧の印から右手を引き抜き、刀印で素早く九字を切った。

「臨、兵、闘、者、皆、陣、列、在、前！」

そして、封の印。

「橘の姫に沮滞を為すもの此處へ納め給い無上靈寶……！」

詠唱が完成する。同時に鬼人は完全に縛された。

ぎらぎらと光る眼が晴明を射貫く。

晴明は息をついて少しよろめいた。

恐ろしい妖力は未だに神気とせめぎあい、拮抗している。

「ちょっと、晴明……っ！」

必死で鬼人の力を押さえ込んでいる太陰が、悲鳴をあげた。

「いつまでつづければいいの⁉ もう持たないわよっ！」

はっとして、晴明は神将たちを見回した。太陰ほどではないが、みな余裕のない顔をしている。もっとも切迫しているのが玄武だ。それを補う水将の天后も青ざめた顔をしていた。

弱った同胞に合わせれば威力が落ちる。現状で拮抗している場が均衡を崩せば、鬼人が復活してしまう。

しかし、鬼人は不死身だという。

「どうすれば…」

苦悩する晴明の視界のすみで、術で縛されているはずの鬼人の腕が動いた。

縛魔の術に限らず、どんな術もその効力は結局術者の力量によって決まるのだ。

神将たちの力が、異界で見せられたままであったなら、ここまで切迫した状況にはならなかったはずだった。

圧倒的に晴明の力が足りないのである。

血の中に眠る天狐の力では意味がない。必要なのは陰陽師としての技量だ。

鬼人がふいに笑った。

「さあ、来るがいい……、我が妻よ」

かたんと音がする。

思わず振り返った晴明の視線の先に、立ち上がった姫の、氷のような双眸があった。

姫は無表情のままふらふらと歩き出し、晴明の横をすり抜ける。彼女が向かうのは、鬼人の許だ。

「姫、待て！」

彼女の腕を捕らえて、晴明は鬼人を睨んだ。

「彼女にかけた術を解け！」

高らかな哄笑が轟いた。

「私は術などかけていない。祝福を与えたのだ。そしてその娘は夜に生きる高潔な一族に迎えられた。我が妻として」

うっとりと笑って、鬼人は牙を剝く。

「この命ある限り、彼女は夜の領域を生きる」

不死身の鬼人。その鬼人が生きている限り。

晴明は震えた。

「……姫」

彼女は振り返らない。その眼差しは、鬼人だけに向けられている。彼女は晴明を見ない。決して。

知っていたとも。わかっていたとも。望んでもかなわない。請うても得られない。恋うても実らない。

遅かった。間に合わなかった。晴明が此岸と彼岸の狭間で無様にのたうっていた時に、彼女の心は闇に囚われてしまった。

あれほど苦労して使役となした十二神将も、無意味だった。

術を撥ね除けようと、鬼人が全力を振り絞る。それを必死で押さえ込もうと神将たちが神気を放つが、徐々に押されていく。

晴明の手から力が抜ける。橘の姫はふらりと歩き出した。

そのときだった。

「晴明のたわけ――――――――っ！」

怒号一発。

全員の視線が一点に集中する。

晴明は呆然と呟いた。

「……岦斎？」

あちらこちらを引き裂かれて、ぜいぜいと息を切らせた岦斎が、瓦礫を蹴り飛ばしながらやってくる。

「ようやく見つけたぞ。おいこら十二神将、ひとを結界に閉じ込めてそのまま消えるとはどういう料簡だ！」

天一と太裳の結界の中に置き去りにされた岦斎は、それを破るのにとにかく時間がかかった。

ようやく結界を解いたものの、周りには獣と虫が大量に押し寄せてくる。それをちぎっては投げ、退魔法で吹き飛ばし。

なんとか突破口を開いて、神気と妖気のうねりで辺り一帯が不穏な気配に満ち満ちている中を、必死で駆けつけてきた。

ずきりと胸の奥が痛み、岦斎はまずいなと思った。符の効力が切れかけている。あれだけ動いたから、傷が開いて出血して符を汚してしまっているのだ。

立ちすくんでいる晴明にずかずかと近づいた岦斎は、思い切り息を吸い込んだ。

「さあ、さっさとあのばけものを倒して、姫を連れて帰るぞ、晴明！」

「…………」

二の句の継げない晴明の頬を、目をすがめた岦斎はえいと張り飛ばす。

「古今東西ばけものは総じて弁が立つ。それに乗せられてどうするんだ、俺たちは陰陽師なんだぞ」

張られた頬を手の甲で押さえる晴明に、岦斎は発破をかけた。

「不死身のばけものがいるか。生きている限りどんなものでもいつか死ぬんだ。絶対に何か弱点があるはずだ。水とか、火とか」

その言葉を聞いて、晴明ははたと思い出した。

先ほど鬼人が言っていなかったか。

――白木の杭を打たれた彼女は
晴明の目に光が点る。

再び橘の姫の腕を捕らえて引き戻し、鬼人を顧みた晴明は眦を決した。

「貴様が生きている限りと言ったな。ならば、貴様が死ねば彼女は元に戻ると言うわけだ」

「そうなのか？」

声を上げたのは岦斎で、鬼人は悪鬼のごとき形相で晴明を睥睨している。

「妻に触れるな、虫けらの分際で……！」

呪詛にも似た鬼人のうめきを聞き流した晴明は、くるりと振り返って岦斎の頭をしたたか殴る。

「だっ！」

「さっきの礼だ」

岦斎に橘の姫を押しつけ、晴明は身を翻した。

「十二神将、もう少し持たせろ！」

叫んで、いずこかへと駆けていく。

ふらふらと鬼人の許に向かおうとする姫を摑まえた岦斎は、彼女の首にふたつの傷を認めた。

「これは…牙の痕、か？」

大陸のばけもののことを思い出し、岦斎は得心が行った。そうか、あのばけものは鬼人。海の向こうのものだったのか。

吸血されたものは牙の主の意のままになるという。鬼人が呼んでいるから、姫はそれに従おうとしているのだ。

神将たちの結界は姫を通さないが、神気の渦に人間が触れてただですむはずがない。

無表情で抗う姫に手を焼いた岦斎は、彼女を放すと結印した。

「縛！」

姫が硬直し、そのまま動かなくなる。

神将たちはそれを見ないふりをした。ここでへたに動き回られるよりはよほどいい。

鬼人は縛魔術で動きを封じられている様子だった。だが、術者の力量よりばけものの力が勝っているのは一目瞭然だった。

あの安倍晴明の術と神将の力をもってしても完全に押さえ込めないとは、文字通りの化け物だ。

鬼人が禍々しく笑う。

岦斎は戦慄しながら鬼人に向き直ると、拍手を打った。

晴明は必ず戻ってくる。何か手立てを思いついた顔をしていた。ならば、それまでの時を稼ぐのだ。

「安倍晴明には及ばないが、俺も一応陰陽師だ」

ばけものが怒りに顔を歪める。

「困々、至道神勅、急々如塞、道塞、結塞縛、不通不起、縛々々律令！」

詠唱しながら空に刀印で秘符を書く。

すると、具現化した秘符が鬼人を拘束した。

そこに、木っ端の中から白木と呼べる破片を見つけ出した晴明が戻ってくる。

鬼人が顔色を変えた。それを見て、晴明は己れの直感が正しかったことを確信した。

ばけものに新たな縛魔術がかけられている。岦斎の傍らに立つ姫が身動きしないことにも気づき、晴明は渋面を作った。

鬼人は神将たちの神気と妖気に包まれている。接近するにはそれをすべて拡散させなければ無理だ。

「十二神将、囲みを解け」

さしもの十二神将も、晴明の言葉に驚愕した様子だった。が、彼の決然とした目に反論を封じられる。

核になっていた天空が、手にした杖で地を叩く。

途端に力の奔流が荒れ狂った。

「うわ…っ！」

岦斎は自分と姫を守る障壁を慌てて築いた。

晴明は激しい流れに突進していく。妖気のうねりがぶつかってくる。神将たちの力がそこに加わって、晴明は進むことは疎か呼吸すらも危うい。

疲労困憊の体はとうに限界を超えている。これ以上進めない。

ここまできて、結局負けるのか。目を背けつづけてきた、逃げつづけてきた。

今日まで狭間に在りつづけ、化生の気に染まって彼岸に打ち寄せられるままに生きてきた。

これが己れの天命だと嘯いて、己れの心とまともに向き合うこともせずに。

その代償を、こんなところで払うのか。――いいや。

願って、欲して、恋うて。

何ひとつはじまっていない。こんなところで終わってたまるものか。

鬼気のうねりの中で鬼人が術のすべてを打ち砕く。嬉々として口端を吊り上げる。まるで三日月のような口に、二本の犬歯が際立つ。

鼓膜をつんざくような耳障りな高音が鬼人の喉から発された。

勝利を確信した鬼人は晴明めがけて躍りかかった。おぞましい鬼気を振り払うのに手間取り、神将たちの反応が一呼吸遅れる。

晴明は鬼人を凝視する。その双眸からそれまでずっと宿っていた翳りが消え、激しい焔のような光を放つ。

刹那。

耳の奥に、低い声が響いた。

《――行け》

ふいに、熱気が体を取り巻いた。それが妖力のうねりを阻んで楽になる。

それは初めて聞く声だった。だが、誰のものなのか、晴明は直感で悟った。

妖気と神気の風を切り、白木を手にした晴明は走り出す。

鬼人が牙を剝いた。

「貴様などに――――！」

長くのびた鬼人の爪が振りかざされる。灼熱の闘気がそれを砕き、その隙に晴明はばけものの間合いに飛び込むと、左胸めがけて全力で白木を突き出した。

「こ…れは…っ！」

鬼人は瞠目した。

白木の先に、白い紙が刺さっている。

見慣れない文字と模様。そして、朱色で描かれた五芒星。

知っている。これは、洋の東西を問わず、魔除として使われる聖なる印。

五芒星の触れた箇所が白煙を上げる。

鬼人は鈍い音を聞いた。ごぼりというそれは、自らの喉から血があふれる音だった。

飛び退った晴明が拍手を打つ。

「万魔拱服、急々如律令！」

そして、晴明は叫んだ。

「紅蓮――――！」

凄まじいうねりの中に、十二神将最強の闘将が顕現する。

灼熱の闘気が噴きあがり、地獄の炎が広がっていく。

鬼人が瞠目した。その双眸が、神将たちと晴明と岦斎を素通りし、一点に注がれる。

表情の抜け落ちた血の気のない白い面差し。光を失った双眸は、確かに鬼人を見ている。

徐々に崩れていく腕を懸命にのばし、異国の鬼は声にならない声で叫んだ。

「…………っ……！」

焦がれつづけて、求めつづけて、捜しつづけて。この最果ての島国でようやく見つけ出した愛しい伴侶。

その魂が確かに息づいている、遥か昔に失ってしまった面影。

もう少しだったのに。もう一度抱きしめて、口づけを交わして、永劫のときをふたりだけで生きていく。

それだけで良かった。ほかには何もいらなかった。ほかに望んだものはなかった。

急速に光が失われていく双眸に宿っていたのは、恐ろしいほどの孤独と、ひたむきなまでの恋慕だった。

十二神将騰蛇は、それを確かに認めた。

「――――」

神将の端整な面差しが、ほんの一刹那翳った。

騰蛇の放つ炎が踊る。うねりながら絡み合い、無数の欠片となって。

視界が闇に包まれる寸前、異国の妖は確かに見た。

愛しい伴侶の魂を宿した少女の頬に一筋伝った銀色のしずく。

そして、漆黒の中に鮮やかに咲き誇る、数え切れないほどの紅の蓮を。

最後まで虚空を掻こうとしていた指先に、真紅の欠片がまとわりつく。

「………──」

紅蓮の炎は瞬く間に膨れ上がって鬼人を呑み込むと、やがて天を衝くほどの火柱となった。

九

恐ろしい腕にいだかれて、首に冷たい牙が触れたとき、朧な情景が垣間見えた。

けぶるような霧の彼方に、絶え間ない喚声とゆらゆらと揺れる松明の炎。
手を引かれて必死に走りつづけて、けれども力尽きて動けなくなり、囚われて。
憤怒の形相で白木の杭を振り上げた男は、娘を返せと怒号した。
深々と突き立った杭は白煙をあげ、体が崩れていく。
もうじき陽が昇る。霧の彼方が少しずつ白く明るくなっていく。
涙がこぼれた。
陽射しの下を歩いた日は、もう遥か遠い。
牙の祝福を受けて夜の住人となったことを悔いてはいない。

灰となって崩れていくこの身を、愛しい方が抱き起こす。
この腕を、愛しく思っている。
けれども。もう一度陽射しをあびることも、ずっと望んでいた。
この体は滅んで、この命もいま尽きる。ようやく終わりが訪れる。
神に願ってもいいだろうか。人の道を外れたことは、この死をもって贖うから。
許されるなら、望みはひとつだけ。
もう一度、朝の光を。明るい陽射しのなかで、愛しい方に寄り添って、微笑んで。
閉じた瞼の裏に、見知らぬ面差しが浮かんだ。
逆光で影になっているその人を、私はきっと慕うのだろう。
だから。

◇　◇　◇

この世でもっとも早く日が昇る地で、あなたを待っている――――。

晴明と岦斎は、瓦礫の中でぐったりと腰を下ろしていた。

鬼人の消滅とともに姫は瞼を落とし、くずおれた。いまは夜色の霊布の上に横たわらせ、晴明の狩衣をかけてある。

晴明は疲労困憊の体で足を投げ出し、岦斎は真っ青な顔でうつむいていた。

実は先ほどまで、眠りから覚めて大挙して押し寄せた亡者どもを、片っ端から除霊調伏していたのである。

建物もほとんどが倒壊し、すっかり開けている。無人だったのが救いだ。

「……そろそろ、夜が明けるぞ」

顔を上げた岦斎が呟く。晴明は答えず、白い面差しに視線を滑らせた。

橘の姫は、目を閉じたまま身じろぎひとつしない。

まさか、鬼人は彼女の心を道連れにしたのではないだろうか。自分は結局、彼女を救うことはできなかったのではないだろうか。

そんな不安に囚われて、晴明は一言も発することができない。

東の空が色を変え、少しずつ明るくなっていく。

仇し野で夜を明かすなど、初めての経験だった。二度とやるものかと、岦斎は固く心に誓っている。

ずきりと、胸の奥が痛んだ。止痛の符はもう残っていない。

「……なぁ、晴明」

返事はない。岦斎は様子を窺いながらつづけた。

「まさかとは思うが、いま、護符なんて、持ってないよな？」

乱れて落ちた前髪で表情の見えない晴明に、岦斎はめげずに言い募る。

「止痛の符なんてものがもしあったら、分けてもらえると、ものすごくありがたかったりするんだがなぁ。ないよなぁ、そうだよなぁ…」

「――――ある」

「そうだよな、あるわけが…て、あるのか!?」

晴明は衣の合わせから符を抜き取り、無造作に放って寄越す。

慌ててそれを受け取り、岦斎は感涙にむせんだ。

「すごいぞ晴明、こんなときにもちゃんと用意してあるなんて。ではありがたく！」

いそいそと傷の上に符を張りつける岦斎を横目で眺め、晴明は眉根を寄せた。

衣の隙間から血で汚れた無数の符が覗いている。

「その怪我、どうした」

「うん、ちょっとな。お、さすが、よく効くなぁ」

上機嫌の岦斎は、橘の姫が身じろぎしたことに気づいた。

「あ、おい、晴明」

手招きをする。晴明は息を呑んだ。ふらふらと近づいて彼女の傍らに片膝をつく。

小さくうめいて、姫がのろのろと瞼をあげる。しばらくの間頼りなく彷徨っていた視線が、やがて晴明に据えられた。

「……」

その姿は、ようやく昇りはじめた太陽を背にしているため、逆光で影になっている。

姫は目を細める。その眦から、涙が一粒こぼれた。

ずっと、まるで長い夢を見ているようだった。

確かに覚えていたはずの情景は、徐々に薄れて、涙とともに記憶から流れ出ていく。

一方の晴明は、声もなく涙を流す姫にうろたえて、何も言葉をかけられない。

仕方がないので岦斎が口を開いた。

「姫、安心してくれ。あのばけものはこの晴明が退治た」

橘の姫は静かに視線を滑らせて、岦斎を認めた。

「……ばけもの……を……？」

「ああ。そうだ。この晴明が、姫を守り抜いたぞ」

俺が言ったとおりに、と。岦斎は胸を張る。

姫は緩慢に身を起こそうとし、晴明は不器用に手を貸した。

ようやく起き上がって息をついた姫は、未だに不安げな様子で晴明を見つめる。

「もう恐ろしいことは起こらない。なぁ、晴明」

水を向けられて、晴明は頷きかけ、ふと姫の首に目をとめた。

ふたつの傷。何か、不穏なものを禁じえない。大陸のばけもののことは、よくわかっていないのだ。楽観視はできないと思った。

「あの、何か……」

首を傾ける姫に、晴明は瞬きをして頭を振った。

「いや。ばけものは確かに退治た。ご安心召されよ、姫。翁と媼にもそのように…」

姫が暗い顔をする。気づいた晴明は訝しげに首を傾げた。

「姫？　何か気がかりなことでも？」

彼女は額を押さえるようにした。

「少し、痛みが…。あの方がおいでになるようになってから、ずっと……」

自分が自分ではないような、不可思議な感覚に苛まれていた。

すべてが夢のような、遠いところで起こっているようような。

喜びも悲しみも、楽しみも哀しみも、作り物のように感じられ、自分のいるべき場所は、ここではないような。

だが、本当に久しぶりに、それが薄らいでいる。

それを聞いた岦斎は、破心香かと小さく唸った。

山際に日が昇る。光が射して、辺りが急に明るくなった。

ふいに姫が晴明から目を逸らした。突然のことに晴明は面食らって狼狽する。

「姫？　どうし…」

「あの……、なぜ、何も着ていらっしゃらないのですか」

言われて見れば、確かに晴明は単一枚である。

それまでは混乱していたのと多少薄暗かったので、気づかなかったのだ。

答えに窮する晴明に代わって、岦斎が口を開いた。

「姫、いまあなたの膝の上に載っているのがこいつの衣だ。そろそろ返してやってくれ」

無意識に摑んでいた布が男性の狩衣だと、姫はそのときようやく気がついた。

返された衣に袖をとおし、晴明は息をついた。

そうして、ほんの少しの勇気を振り絞る。

「……差し支えなければ、お邸まで、お送り申し上げようかと……」

姫が晴明を見つめる。口を開いたのは岦斎だった。

「こんなところに置き去りにするほうがよほど差し支えると思うんだが」

彼の言葉を黙殺し、晴明は姫をそっと顧みた。

これまでずっと、人とかかわりを持とうなどと考えたことはなかった。

願いも望みもすべてはなから諦めて、そんなものはなかったのだと己れを偽って生きてきた。

偽ることで自分を守ってきた。

いつまで此岸にいられるか。いつか彼岸に渡る日が来たときに、心残りのないように。

あるいは、冥い水底に沈むとき、無様な姿をさらさぬように。

闇を欲していたから、闇に棲む化生の女は彼の許を訪れた。そこに愛情も恋情もなく、あるのは哀情と憐情のみ。

それがどれほど虚しいものかを、本当はずっと知っていた。

狭間に揺蕩っていられれば、何も見ず何も聞かずにすむ。

そこから抜け出すのに、なんと勇気のいることか。

いつか化生に堕ちる。それがこの身の天命。

にもかかわらず、過ぎた望みを抱きはじめている。

さしのべたい手は穢れすぎている。取ってもらえるはずもない。

それでも。

「……姫」

彼女は問うような眼差しを向けてくる。晴明は喉に力をこめた。

「なんと、お呼びすれば……」

聞いていた岦斎が、目をしばたたかせる。そうして姫がどう答えるかを、興味津々の体で待った。

橘の姫は、晴明をまっすぐに見上げて答えた。

「……若菜と、申します」

「若菜…殿」

名を問うことの意味。答えることの意味。そして、名を呼ぶことの意味。

晴明も若菜も、互いにそれをわかっている。

頷いて、若菜は仄かに笑った。

「はい。……晴明様」

それは晴明が見た、彼女の初めての笑みだった。

そうして彼女は、晴明がおずおずと差し出した手に、そっと自分のそれを重ねた。

本書は、平成二十二年七月に小社より刊行
された単行本を文庫化したものです。

我、天命を覆す
陰陽師・安倍晴明
結城光流

平成25年 3月25日 初版発行
令和6年 5月30日 15版発行

発行者●山下直久

発行●株式会社KADOKAWA
〒102-8177 東京都千代田区富士見2-13-3
電話 0570-002-301(ナビダイヤル)

角川文庫 17884

印刷所●株式会社KADOKAWA
製本所●株式会社KADOKAWA

表紙画●和田三造

●お問い合わせ
https://www.kadokawa.co.jp/ (「お問い合わせ」へお進みください)
※内容によっては、お答えできない場合があります。
※サポートは日本国内のみとさせていただきます。
※Japanese text only

ISBN978-4-04-100745-7 C0193